異世界召喚されました……断る！1

ALPHA LIGHT

K1-M

アルファライト文庫

Main Characters
登場人物紹介
ヘルベティア
異世界転移を司る女神。
愛称はティア。
褒められると余分に
サービスしがち。
トーイチ（村瀬刀一）
本編の主人公。
日本から召喚された際に、
18歳へ若返った元おっさん。
様々なチートスキルを持つ。

ラード・フォン・
ポークレア
ポークレア王国の国王。
他国を侵略すべく、
トーイチを召喚した。
自己中心的な性格。
ティリア
冒険者ギルド・
ベルセ支部の受付嬢。
冒険者となった
トーイチを
サポートする。
カーク
14歳の少年冒険者。
同年代が集まった
パーティーの
リーダーを務める。
剣士を志す。

「そろそろ再就職しないとなぁ……」

俺――村瀬刀一が、ブラックでもホワイトでもない、グレーな感じの会社を辞めてちょうど一年になる。

たいして貯金もしていなかったのに、よく持ったもんだと思う。

しかしそろそろ働かないとマズイ。

マジでマズイ……主に資金的に。

ずっとゴロゴロしていたいけれど、こればっかりは仕方ない。現代日本では……。

いや、日本じゃなくてもだな……。

働いたら負けだとは思ってはいるが……。

「はぁ……就職活動するしかないか……。……うん、明日からだな」

嘆息を溢し、『善処します』とか『前向きに検討します』のような、『それ絶対やらない人っ！』という感じの台詞を呟く。

俺は『やだなぁ』と思いつつも、現実逃避するため、ゲーム・ネット小説を嗜みゴロゴロし始め、ゆっくりと意識を飛ばしていった。

◇　◇　◇

……ん？

「……」

……んんんっ⁉

「あっ……目覚(めざ)めました？」

「……」

「おーい……聞こえてますかぁ？」

いや、誰だよ、マジでっ？　つーか何処(どこ)だよっ、ここ？

「えーっと……誰ですか？」

気が付くと、俺は全てが白い空間にいた。

目の前には知らない女性とちゃぶ台……なんで『ちゃぶ台』？

「私は『女神(めがみ)ヘルベティア』と申します。気軽にティア、とお呼びください」

「はあ……えっと……この状況を教えてもらえますか？」

えっ、女神って……マジかよ。

……いやいや、これはまさかアレですか？　アレですよね？

ラノベやネット小説でよくあるアレですよね？

「はい、あなたの考えている通り、『異世界転移』と呼ばれている現象です」

「……マジですか……？」

「マジです」

女神様が人差し指を立てて、少し詰め寄ってきた。

……ちょっと何言ってるか分からないんですけど？

だが、しかし……これはマズイ。いや、マズイよ。

何がマズイって……少しだけ『召喚とか転移とかしねぇかなぁ』とか思っていた事もあるけれど、いざ自分の身に起こるとマジで嫌すぎる。いやホントに。

俺はもうオッサンなんだぞ。それはもう、これこそオッサン全盛期ってぐらい。

……う～ん、う～ん……よし、断ろう。

「……え～……あんの～……お断りする事は……」

「すみません、これは異世界の国の召喚魔法のため、キャンセルができないのです」

「……はっ？」

「私達神々による『召喚・転移』という事ならば、キャンセルも可能だったのですけれど……」

ごめんなさいねぇ、と頬に掌を当てて、申し訳なさそうにしている女神様。

……よく見ると物凄(ものすご)い美人だな、この人。

白金に輝くサラサラロングの髪に、出るとこは出て、引っ込むとこは引っ込んでいる抜(ばっ)群(ぐん)のスタイル。

小さい顔に整(ととの)った目鼻立ちにぷるんとした唇。……さすが女神……いや、そうじゃなくて……。

「そんなぁ……物凄い美人だなんてぇ……」

今度は両の掌を頬に当ててクネクネしている……なんか可愛(かわい)いなこの人。

「そんなぁ……可愛いだなんてぇ……」

さすが女神……いや、もういいよっ、この件(くだり)。

つーか、考えている事が読まれてるよね、コレ?

「女神ですからぁ」

「はぁ……それで、俺はこの後どうなるんでしょうか?」

俺は嘆息を一つ溢して聞いてみるが……これはもう諦(あきら)めるしかなさそうだな……。

……やだなぁ。

　諦めた俺は女神の説明を聞く事にした。

「では改めて……村瀬刀一さん。あなたは異世界の国から、召喚魔法で喚ばれています。あなたの向かう異世界は、地球での中世程度の文明を持ち、剣と魔法が発達した世界です。そして魔獣や魔物が存在します」

　うーん、ザ・テンプレって感じだな……。

「現代の地球から喚ばれた方には非常に危険なので、異世界に行く前に、私達神の間に留め、スキル等の特典を授けてから送り出しています。所謂チートスキルですね」

　そりゃ、ここで神様に会ったのになんの特典もなく送られたら、温厚な俺でもキレるだろう。……って、ドヤ顔カワイイなおいっ！

「あなたへの特典は、スキル定番セット＋選べるスキル五個＋若返りです」

　……多くね？

「……なんか多くないですか？」

「さっき褒めてくれたじゃないですかぁ……美人とか可愛いとか……なのでサービスです……ぽっ」

　……チョロい！　チョロいよ女神様（カワイイ）。

「チョロくないですっ！」

「カワイイ！　カワイイよ、この生き物（あっ、どうもすみません）」

「声と考えが逆ですっ！　もうっ！」

おっと……声に出てたか……まあいい。

「まあいい、じゃないですっ！　もうっ！　先に進めますよ」

「あっ、はい」

「……はい、これでスキルの付与は終わりました。……次はもう、異世界に送って終わりになりますが、質問等ありますか？」

質問……か。

すこぶる嫌だが、召喚については諦めた。すこぶる嫌だがっ！

「ん～、そうですね……この召喚に使命とか、そういったものはあるんでしょうか？」

だが、俺にはまだ諦めていない事がある。

「私達神々からの使命等はありません。召喚した国、もしくは人からのお願いはあると思います」

「ふむ……それは必ず受けなければいけませんか？」

「どのようなお願いかは、私にも分かりません。私達神々は、あなたのように勝手に召喚されてしまった人が、簡単に理不尽に亡くならないように特典を授けています。今回のような勝手な召喚のお願いが仕様もない事なら、断っても構わないと思っています」

「そうですか、分かりました」

そう、俺はまだ『自由』を諦めてはいない。

「私達は召喚者を戻してあげる事ができません。そのお詫びも兼ねての特典なのです」

……なるほどな。

それなら、ある程度の納得はできる……かな？

「……なので、これからは自由に生きてください。強いて言えば、これが私達からのお願いです」

くっ、こんな無職のおっさんに、なんて優しい女神様や。

惚れてしまうだろっ！　つーか抱いてくれぇっ！

「……も、もうっ！　今は真面目なとこだったでしょうっ！」

「ごめんなさい」

そうだ、心読まれるんだった……。

「まったく、もう。……あとは送るだけですね。……あっ、一応、付与したスキルの確認をしてくださいね。『ステータス』と念じれば自分だけ、『ステータスオープン』と発声す

ると自分以外にも見られるようになっていますので」

「なるほど……了解」

そうだな、一応確認しておかないとな。『ステータス』と念じてみる。

フッと、目の前に半透明のスクリーンが現れた。

「これが俺のステータスか……」

名前：村瀬刀一（18）
種族：人間
職業：無職
称号：召喚されし者
レベル：1
HP：2000　MP：1000
力：100　敏捷：120
魔力：80　精神：100
器用：140　運：80
【スキル】
鑑定EX　アイテムボックスEX　言語理解

健康ＥＸ　マップＥＸ　ステータス隠蔽（いんぺい）・偽装（ぎそう）
【戦闘系スキル】
剣術ＥＸ
【魔法系スキル】
空間魔法ＥＸ
【生産系スキル】
【固有スキル】
女神の恩寵（おんちょう）

多いな……。

「……なんか多くね？」

「サービスです♪」

「……いや、多……」

「サービスです♪」

「あっ、はい……アリガトウゴザイマス」

……うん……まあ、よしとしよう。

つーか職業っ！　なしならともかく無職って嫌がらせかよっ！　泣けるっ！

それと……。

「……あの、ＥＸとか恩寵とかって……」
「サービスです♪」
「あっ、ハイ」

よし、細かい事はあとで考えよう。うん、そうしよう。

「確認できました？」
「ん～……あっ、ちょっと待ってください」

ステータスの偽装は先に済ませておこうか……。

名前：スワード・ヴィレッジ（18）
種族：人間
職業：無職
称号：召喚されし者
レベル：1
HP：200　MP：100
力：100　敏捷：120
魔力：80　精神：100

器用：140　運：80
【スキル】
鑑定　言語理解　健康　マップ
【戦闘系スキル】
剣術レベル1
【魔法系スキル】
【生産系スキル】
【固有スキル】

……ん～～～、よし、こんなもんだろ。

「すみません、お待たせしました」

「はい、ではお送りします。……さっき言った通り、これからは自由に生きてください。無茶や無理をせず、楽しく人生を送ってくださいね。気を付けて……行ってらっしゃい」

「女神様、ありがとうございました。行ってきます！」

直後、俺の足元に魔法陣が現れ、輝き始めた。

俺はあまりの眩（まぶ）しさに目を瞑（つむ）り、召喚先へと送られていった。

「女神ティアよ」

「あっ、主神様」

「サービスしすぎだったのではないか？」

「若い子と違って、話の理解度が高く説明も楽でしたからね」

「お前はチョロいからのう……」

「チョロくないですっ！　もうっ、もうっ！」

「……まったく……」

「いやぁ、いい女神様だったなぁ。最近のテンプレだと、神様がろくでもない奴とかもあるもんなぁ。……多分、俺は当たりだったんだろう、うん」
　俺は今、よく分からん空間を進んでいる……と言うより、引っ張られている感じかな？　一人で暇だったので、女神様を思い出し独り言ちているところだ。
「凄え美人で可愛いかったし……若干チョロかったけど、うん、当たり当たり」

ただ最初がよかっただけに、この後が心配だ。

うん、これ、フラグだな……。

「ま、まあ自由に生きていいって言われてるし、好きにさせてもらおうかね」

しばらくすると、引っ張られてる先に光が見えてきた。多分、出口だろう。

「召喚主って言っていたから、人間だとは思うんけど……さて、どんなのが来るかねえ……」

「よしっ、召喚成功だっ！」

「おお、よくやったっ！」

光を通り抜けると、俺は神殿のような建物内の、巨大な魔法陣の上にいた。

周りには召喚魔法を行使したであろう、魔法使いっぽい人が数人。

その外側に騎士っぽい人が数人。

さらに外側に、偉(えら)そうにしている、趣味(しゅみ)の悪い豪華(ごうか)な服を着ている太い奴がいる。

俺はすぐに全員に『鑑定』を使う。

……うん、まあ大体予想していた面子(メンツ)が揃(そろ)ってる感じだな。

『鑑定』がＥＸのせいか余計な情報も見えるけど……。

……で、鑑定結果はこんな感じ。

ラード・フォン・ポークレア
職業：国王
十三代国王。肥え太った豚。バカ一。

ハーロゲン
職業：宰相
成金。禿げ一。

マースルー
職業：将軍
脳筋。バカ二。

ハイゲン
職業：魔法師団長

禿げ二。

うん、情報と言うか……アレだ、悪口だね。

誰だよっ、この鑑定結果作った奴。危うく噴き出すとこだったわっ！

とりあえずろくでもなさそうな感じだし、逃げる準備をしつつ、話を聞くふりでもしますかね。

「勇者様、よくぞ召喚に応じてくださいました。どうかお話を聞いてくださいませんでしょうか？」

「へっ……はっ……えっ？　何、何処だよ、ここ？」

「落ち着いてください、勇者様。これから説明します故……」

「勇者？　俺がっ？　……って何、ドッキリ？」

くっ……しまった。

四十過ぎたおっさんがこんな演技をしてしまった。恥ずかしい……やめときゃよかった！

あっ、でも今は十八なんだっけ……。うん、でもやっぱ恥ずいわ。

「勇者様、落ち着いてください。我が王がおられます。どうか話をお聞きください」

「えっ、えっ？　王？　王様っ？」

国王が近付いて来る。うん、近くで見てもマジで豚だわ。

人間？　オークとかの間違いじゃないの？　（笑）

「勇者よ。我はラード・フォン・ポークレア。このポークレア王国十三代国王である。どうか話を聞いてはくれないだろうか？」

おっ、最初だからか下手（したて）に出てきたか？

……ちっ、仕方ない。話くらい聞いてやるか。

「え～……あ～っと、そのぉ～……状況がいまいち掴（つか）めてないんですが、とりあえずお話はお聞きします」

「おお、それはよかった。では場所を移すとしましょう、勇者殿」

そして豚が神殿のような建物から出て行き、禿げ一が話しかけてきた。

おっさんに用はない。おいっ、近くに来んなっ。

「では勇者様、私のあとを付いてきてください」

「あっ、ハイ。分かりました」

俺は仕方なく……本当に仕方なく、禿げ一のあとについて、神殿のような建物を後にする。

そして移動中にスキル『マップＥＸ』を起動。

場所の探査・把握を始め、『空間魔法：転移』で逃げる準備を万全にしておく。

現在、王城内の廊下を移動中。

さっきの場所は、王城地下の大規模魔法儀式場らしい。

俺を召喚するのに、魔法師団長含め魔法使い八人が魔力を半年間注ぎ、漸く起動したとの事。ふーん、あっそ。どうでもいい話だ……。

「っ！」

むむっ！　綺麗なメイドさん発見！　メイドさん、いいなぁ……しかし俺はここにはいられない運命。また何処かで会いましょう……なんて益体もない事を考えている間に、目的の場に着いたようだ。

「こちらが応接室になっております。すぐに王も参りますので少々お待ちください」

「あのっ、俺、作法とか分かりませんが大丈夫でしょうか？」

ぬうっ、もう演技がキツイっ！　だがもう少しの辛抱だ。頑張れ、俺！

「た、多分、大丈夫ですよ。では王を呼んで参ります」

おい、多分ってなんだ、コラっ！　ちょっと待てっ！

そそくさと、禿げ一が応接室から出ていく。

……逃げた、逃げたよ、アイツ。……ちっ。

仕方ない……と俺は応接室内を見渡すが……やたら値の張りそうな物が並べられている。

あぁ、趣味悪いなぁ……と思いつつ、下座になるだろうソファーに腰を落とす。

チッ、いいソファー、置いてやがるな……。

「ふ〜っ、疲れた……」

……さて、どんな話になる事やら……。


コンコンコン。

しばらくしてノックのあと、宰相に続き王が入ってきた。

『どすんっ』と重そうな音を立てて、上座にあるやたら豪奢な一人用のソファーに座り、ようやくお話の開始だ。

「……と言う理由で、勇者様には、我が国にお力を貸していただきたいのです」

「どうだろう、勇者殿、力を貸していただけないだろうか？」

ふむ……要約すると、大陸にある他の三つの国、魔王国・獣人国・同じ人間族の帝国と戦争中だから、お前、ちょっと戦ってこいよ！　って事か……。はぁ……。

『鑑定ＥＸ』さん、三国の情報ってある？

ふむ……魔王国は融和派、獣人国は我関せず、帝国は王国が攻めてくるの面倒だなあ、っと……。

これもう完全にアレだな……。バカ王国確定じゃんっ！

くそぅ、話聞いて損したわっ！　この豚っ！　禿げっ！

「えぇっと……そもそも俺……私が勇者かどうかもよく分かっていないのですが……」

「おお、そうでした。勇者様、『ステータスオープン』と声に出してください。自分のステータスが見られるようになります」

……この禿げ、俺だけじゃなく自分も確認できるよう、『ステータスオープン』をシレッと教えてきやがった。

舐めやがって。だがステータスはすでに偽装済みなのだよ！　フハハハハ！

「『ステータスオープン』……えっ……と、あの～……職業：無職なんですけど……」

……なんか自分で無職って言うと悲しいな……。

「「っ!?」」

「なんだとぉっ!!」

「なんだってぇっ!!」

自分で無職と言ってげんなりしていると、豚と禿げが吼えた。うるせえなっ！

「「見せてみろっ!!」」

体を乗り出して俺のステータスを確認している。

うわっ、おいっ、近くに来んなっ！

……もう演技するのやめていいかなぁ。いいよな、恥ずいし面倒だし。う～ん……よし、やめ！

「くっ、なんて事だっ！　召喚失敗ではないかっ!!」

……ああんっ？　……おいこら、本人を前に失敗とか言うな！　泣くぞっ！

「こ、国王……確かに勇者ではありませんし、レアスキルもありませんが、基礎能力だけは高いです。鍛えれば使えるのでは……？」

……ああ～んっ？　お前も『だけ』とか言うなっ！　この禿げっ!!　潰すぞっ、コラッ！

「ぬうぅ……仕方ない。ならばそれでいくしかないか……」

「そうですね、そうしましょう……」

……こいつら、本人を前によくもまあ言えたものだ。

「はあ……と言うわけで貴様には軍に入ってもらう。規定通りの金は払ってやる。我が国のために励め。話は以上だ」

「おい、国王様の言葉は聞こえたな？　さあ、準備を始めろ」

おうおうおう……もう貴様呼ばわりか……。

……まったく好き勝手宣いやがって。おっさん、ちょっと怒ったからな。

「はぁぁぁ～～……断るっ!!」

「「……は？」」

「なんだ、聞こえなかったか？　もう一度言ってやる……『断る』と言ったんだ」

何やら豚と禿げは惚けている。

絶対断らないとでも思ったんですかねぇ。何処にそんな自信があるんだか。

「き、ききき、貴様っ！　何を言っ……」

「断るっ！　って言っているんだ。豚には人間の言葉が理解できないのか？」

「貴様ぁぁっ!!」

そして豚は真っ赤な顔で怒声をあげる。

……まったく怖くないんだが……逆に顔が面白いわ（笑）。

「貴様っ、王に対して無礼だぞっ！　ただの召喚者ごときがぁっ!!」

「しょ……処刑だっ！　拷問後に首を斬って晒してくれるっ！　衛兵っ、こいつを捕らえろぉっ！」

「おいおい、勝手に召喚しておいて、『お願い』を断ったら『ごとき』とか『処刑』とか……どっちが無礼で失礼なんだか……。ソコんとこ、分かっているんですかねぇ……」

豚を一発ぶん殴ってやろうかなぁ……と考えていると、廊下からバタバタと走ってくる音がして、そのまま応接室へと複数の兵士が飛び込んできた。

「勇者を騙る偽者だっ。捕らえろ、捕らえろぉ!!」

「お前らが勝手に盛り上がっていただけで、俺は勇者を名乗った覚えはないんだけどなぁ。記憶力もないとは……耳だけでなく頭も悪いんだなぁ」

『ハッ！』と俺は鼻で笑い煽りに煽る。

「こ……ここ殺せぇえっ!!　そいつを早く殺せぇっ!!」

ハハッ、どうやら豚がキレたようだ……さて、そろそろ逃げる準備をしようか……。

◇

キレた豚の命で複数の兵士が襲ってくる。俺は……『転移』。

落ち着いて華麗に脱出した。

一発ぶん殴ってやりたかったが、豚や禿げの事なぞもう知らん。

あれだけ頭が悪いなら、放っておいてもそのうち自滅するだろう。

そして俺は今、すでに国境を越えて帝国にいるのだ。

追っ手を放ってもすぐにはついてこられないだろう。

さらに、ステータスを見せた時は名前を偽名にしていたので、写真のないこの異世界では指名手配も無駄になるだろう。

「フッフッフッ……完璧な亡命だな」

俺はニヤけて独り言ちた。

『転移』とマップ先生、ステ偽装さんに感謝しなくてはな。

「さて……と……」

……よし、ここからが俺の異世界生活のスタートだ！　女神様の言った通り、自由にまったり生きてやる！

こうして俺の第二の人生がスタートした。

まずは『鑑定ＥＸ』先生でいろいろ調べてみよう。

鑑定ＥＸ
物・者の真偽・良否を見定める事。精度はレベル依存。
ＥＸは『※※※※』にアクセスする事で物・者を直接見なくても情報の取り出しが可能。

アイテムボックスＥＸ
異なる空間への物の収納・取り出しが可能。生物の収納は不可。レベル毎に容量・時間遅延性能が上がる。
　ＥＸは容量無限・時間停止に加え、収納物の解体・分解・再構築が可能。ソート機能あり。

健康ＥＸ
状態異常耐性・精神異常耐性。効果はレベル依存。
　ＥＸは全状態異常無効・精神異常無効。ＨＰ・ＭＰ高速自動回復。常に健康な体を最大限に保とうとする。

マップＥＸ
脳内に地図を展開。生物を点で表示。自身の通った周囲をマッピングする。レベルが上がる毎に精度が上がり機能が増える。
　ＥＸは『※※※※』にアクセスする事で、特殊な結界やダンジョン等以外は全把握（内部に入る事で把握可）。人物・魔物・物を検索・指定する事で点で表示。大容量の情報取得に対する脳の負担を激減。

「……性能よすぎじゃね」
　ちょっと引く程チート感が凄いんですけどぉっ！　女神様、サービスしすぎだよっ！

俺に何させたいんだよっ！

一部読めない文章『※※※※』もあったが、それは気にしないでおこう。

「……ん、んんっ。コホンっ……続きはあとにしよう」

よすぎる性能に若干引きながら現実逃避開始。そのままマップを弄ってみる。

魔物で検索・表示。

……結構いるな。そうか、有効範囲を絞らないと……よし。有効範囲を半径三百メートルに絞る。

……ん～、魔物だけでなく敵意を持って近付くのを対象にするか。

……赤表示・アラート設定。敵意のない者は白表示、好意的なら青表示っと……これでいいかな。

マップの設定を完了して次はどうするか、と考えながら歩いていると、脳内にアラートが鳴り始める。

すぐにマップを確認、赤点が近付いてくる。赤点を指定、『鑑定』！

ゴブリン　レベル2
最弱に類する魔物。レベルが上がり進化する個体もいる。討伐証明部位：右耳。

ゴブリン、キターっ！

俺はテンプレ最弱魔物ゴブリンの襲来(しゅうらい)と初戦闘に、若干ワクワクしながら待つ事にした。

……中身四十オーバーのおっさんがワクワクとか引くな、うん。

自分でちょっと泣きそうになった。

「グギャ」

「……臭(くせ)え……」

俺は今、ゴブリンと対峙(たいじ)している。

……臭えっ！　臭えよっ！　さっきまでちょっとワクワクしてた自分を殴りたいっ！

ゴブリンもまだこちらを警戒(けいかい)しているようだ。一定以上近付いてこない。

それなら……と俺も観察を始める。

人間なら十歳くらいの小さな緑色の体に醜悪(しゅうあく)な面構(つらがま)え、腰ミノと右手に棍棒(こんぼう)を装備(そうび)。

ふむ、定番中の定番なゴブリンだな。

『鑑定』の結果、ゴブリンのレベルは2だった。

俺のレベルは1、とはいえステータス的には俺が負ける要素は微塵(みじん)もない。あとは俺に生き物を殺せる覚悟があれば……。
……よし、殺るぞ！
覚悟を決めていざっ！　……と思った時、俺は気付いた。そう、気付いてしまった。
……武器持ってねぇぇぇぇぇっ！
あれっ？　俺、丸腰じゃんっ！
やべぇっ！　ゴブリン、棍棒持ってるじゃんっ！
俺が焦っているのがなんとなく分かったのか、ゴブリンがドタドタと近付いてくる。
そして右手の棍棒を大きく振り上げ、打ち下ろしてきた。
『ブンッ！』
「うわっ……と」
俺はバックステップで避け大きく下がる。危ねぇ……。
距離を空けた俺を見て少し警戒したのか、ゴブリンは俺の周囲をゆっくり回り始めた。
「……」
俺はどう戦うか思考する。若い頃にやってきた事……運動神経は悪くない……と思う。
大体そつなくなんでもできた。
……まあ、突出する事もなかったけれど……。泣けるっ！
剣道とサッカーは結構やった。

剣道は、市大会ベスト八になったのは小さな自慢だ。まあ準々決勝では秒殺されたけれど……。

しかし……しかしだ。

今は武器どころか竹刀すらない。まあ剣道が役に立つとは思わないが、今はそれすら使えない。

……となると、必然的に生身での格闘戦しかないが、剣道以外格闘技の経験などない。

それにゴブリンのあの顔を殴るのも遠慮したい。臭いから……。

「……」

うん、決めた。サッカーその他で多少鍛えた脚力で勝負だ。

俺は再度覚悟を決め、ゴブリンと向き合う。ステータスでは余裕で勝っているのだ。

よし、殺るか！

俺はゴブリンに向かってゆっくり前進する。

戦闘経験なんてほとんどないのだ。飛び込んだりなどしない。

ゴブリンもまたこちらに近付き、棍棒を大きく振り上げ打ち込んでくる。

「グギャアアー！」

『ブンッ！』

「……っ！」

俺はできる限り小さく避け、棍棒を打ち下ろし、がら空きになったゴブリンの右脇腹に蹴りを放つ。

「……ふっ‼」

『ズドンッ！』と聞こえてきそうな手応えがあった。

「……アギャッ！」

ゴブリンは叫び、少し離れた場所に吹き飛ばされていった。

……ゴブリンはピクリとも動かない。

「……やったか？」

盛大にフラグを立てて、『しまった』と思いつつも『鑑定』を起動。

ゴブリン　レベル2

状態：死亡

フラグは蹴りと共に、叩き折られていたらしい……。

ピロン♪

『レベルが上がりました』

『体術レベル1を取得しました』

『高速思考レベル1を取得しました』

軽い音と共に脳内にアナウンスが流れた。

「ゴブリン1匹でレベルアップって……。まあ、いいか。……よし、確認確認。『ステータス』」

名前：村瀬刀一（18）
種族：人間
職業：無職
称号：召喚されし者
レベル：3
HP：600　MP：300
力：300　敏捷：360
魔力：240　精神：300
器用：420　運：80

【スキル】
鑑定ＥＸ　アイテムボックスＥＸ　言語理解
健康ＥＸ　マップＥＸ　ステータス隠蔽・偽装
高速思考レベル1
【戦闘系スキル】
剣術ＥＸ　体術レベル1
【魔法系スキル】
空間魔法ＥＸ
【生産系スキル】
【固有スキル】
女神の恩寵

……うん？　ちょっと待て。

なんかレベルが二つも上がってるし、運以外のステが三倍になっているんだが……。

これは上がりすぎだろ……って原因はなんとなく分かってはいる。……うん、『鑑定』起動っ！

女神の恩寵
獲得経験値増大（極）　必要経験値削減（極）
スキル取得補正（極）　スキル経験値増大（極）
成長率増大（極）　全魔法適性
老化遅延　幸運　美肌

や・っ・ぱ・りか……。

サービスしすぎだよっ、女神様っ！　あと美肌ってなんだよっ！

はぁぁぁ……これは絶対に秘密にしておかないとなぁ。厄介事の種にしかならんだろう……。

厄介事に巻き込まれるのはごめんだ……。

……まあ女神様には好きに生きていいって言われているし、前向きに行こう。

これだけサービスしてくれたんだ。

女神様にはちゃんと感謝をしておこう、うん。

女神様、ありがとう、感謝してます。愛してる。……よし。

これでいいだろう……。

そして俺は移動を再開する。

戦闘もまあ、なんとかなりそうだし、道中も楽しみたいからな。

マップの範囲は、索敵範囲と同程度に設定する。

縛りプレイ的なやつだ。

俺は改めて異世界の道を歩き出した。

ゴブリンとの初戦闘終了後、しばらく歩き続けて、俺はようやく街道に出る事ができた。

王国脱出時の『転移』では、帝国国境付近に適当に跳んだ。そうしたら転移先は、街道から外れた平野だった。

今思えば、もう少し街道に近いところに跳べばよかったな……、と思う。

ま、まあ適当に『転移』したのは、国境での検問を避けるためでもあるから仕方ない。

身分証などないのだから面倒事になるに決まっている。

間違いないっ！

おっさんもちゃんと考えているのだ。

「……」

……まあ武器もなく戦闘を始めたのは置いておこう。あれは俺もビックリした……。

きっと若さ故のナントカだ……。

オッサンだけどなっ。

「……はぁ」

一人ボケツッコミに若干空しくなりつつ、俺は歩を進めた。

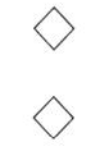

俺は街道を、王国とは逆方向に歩いていく。

歩く、歩く、蹴る、歩く、蹴る、歩く、歩く……。

……誰にも会わない。

……歩く、歩く、蹴る、歩く……。たまにゴブリンが出るが、人には会わない。

……あれぇ？

街道なのに、こんなに人に会わない事とかあるのだろうか……？

さらに歩いていると、少し腹が減ってきた。

召喚されてから、そろそろ五時間くらい経ったかな……。

まだコチラの世界に来てから何も口にしていない。

あぁ、せめて水だけでも飲みたいな……。

ヤバいな……。

暗くなる前に街に着くだろうか？　いや、村か集落でもいい。

ん～、マップを広げて見た方が早いけれど、せっかくの縛りプレイをすぐやめちゃうのもなぁ……と、まったく意味のない意地を張ってみる。

「……」

そういえば、腹は減ってきたけど疲れはないな。

もう何時間も歩き続けているのに……『健康ＥＸ』の効果かな？

……そうしてさらに歩く事約一時間、脳内にアラートが鳴り響く。

なんだ？　またゴブリンか？

「……」

そう思いながらマップを確認すると、白い表示が四に赤い表示が七。

街道の周りは背の高い草が繁(しげ)っていて目視(もくし)はできないが、どうやら俺の進行方向に向かって移動しているようだ。

そして一分もせずに、目視できる位置に人間が四人、繁みから現れた。

おおっ！　人だっ!!

俺が四人を見てちょっと喜んでいると……んん～？　なんかこっちに向かって来ていないか？

直後、四人の後ろからゴブリンが七匹、繁みから飛び出してきた。

四人は俺に向かって走ってくる。

当然、ゴブリンがそれに追随（ついずい）してくるワケだが……。

あ～、もうなんとなく状況が分かったわ。

見た感じ四人は十代前半から中頃といったところか。

ふむ……ならここはおっさんが体を張ろうかっ！

そして俺は走り出す……。

「……ふっ!!」

『ゴスッ！』

「グギャッ!?」

『ズシャアッ！』

俺は四人の横を走り抜け、先頭のゴブリンの顔面に、カウンター気味に蹴りを放つ。

レベルが上がった俺には、ゴブリンが何匹来ようとも相手ではない。

残り六匹のゴブリンも一撃一殺で蹴っていく。

……うん、素手(すで)で殴るのは無理っ！

ピロン♪

『レベルが上がりました』

『体術レベルが上がりました』

『高速思考レベルが上がりました』

「……ふぅ」

ゴブリンを全滅(ぜんめつ)させせると、本日何度目かの脳内アナウンスが流れる。

……が、ステータスの確認はあとにして四人の下へ近付いていく。

「おーい、大丈夫か？」

俺が話しかけると、リーダーっぽい少年が前に出た。

「あ、あの、ありがとうございました。助かりました」

「ああ、気にしなくていい」

話を聞くと、四人は近くの街から薬草採取(さいしゅ)の依頼を受けて活動していた冒険者らしい。

採取を終わらせ、街への帰路(きろ)でゴブリンと遭遇(そうぐう)、今に至(いた)るとの事。

幸い荷物の損害(そんがい)や怪我(けが)などはないようだ。

「ほう〜、冒険者……」

剣と魔法の世界でテンプレ中のテンプレ、冒険者。

あるかなぁと思ってはいたが、ちゃんとあってよかった。

これで日銭はなんとかなりそうだ、と少し安心。

そして若干嬉しい……。

中身四十オーバーのおっさんが冒険者とかではしゃぐなっ、とも思うが、サブカルが発達した日本のおっさんなんて、みんな浪漫を求めるもんだ。

きっと、多分……。

うん、俺は嬉しいっ。それでいいっ！

「その冒険者になるにはどうすればいいんだ？」

「……えっ？　お兄さんは冒険者じゃないんですか？」

「ああ、俺は冒険者じゃないよ」

「ゴブリンを瞬殺していたから、てっきりCランクかDランクの冒険者だと思っていました」

「ハハ、とりあえず冒険者になる方法、教えてもらえる？」

俺は誤魔化す感じで話を変えた。

「あ、はい。でしたら僕らも、もう街に帰って冒険者ギルドに寄るので、一緒に行きましょう」

「そうか、それは助かる。よろしく頼むよ」

こうして街までの案内を確保した俺はほっと一息ついた……。

街まで行くのに約一時間、その間に、少年達にいろいろな話を聞く事ができた。

この国の正式な国名はルセリア帝国。

皇帝ルセリア五世統治の下、今は豚の国が攻めてくる以外は平和らしい。

……豚の国の名前？　んなもん知らんっ！

皇帝ルセリアは文武に優れ、人柄もいいらしい。帝国内の貧富の差もどんどん少なくなってきているんだとか。

何年か前から腐敗した貴族を排除して、やっとここまでの統治を築いたらしい。

他の街や皇都には、まだそういった貴族が残ってはいるみたいだが、それでも皇帝の人柄か、優れた部下も多いようだ。

なんにしても、国を治める人間の評判がいいというのは、ありがたい事だと思う。

彼ら四人は幼馴染で、冒険者としての活動は始めたばかりとの事。

ゴブリン単体ならともかく、現状では二匹でも戦闘がキツイ。それなのに七匹と遭遇したため、追い回されたらしい。

そして、なんとか街道に出たところで俺がいたので、助けを求めようと思ったんだとか。

ただ、まあ……。

「まさか丸腰で蹴っていくとは思いませんでした」

……うん、俺も初戦闘まで自分が丸腰だとは思わなかったよ。

「自己紹介、まだだったね。俺はトーイチ。田舎(いなか)から出てきたばかりの今は十八歳だ。よろしくな」

「あ、そうでしたね。僕はカーク。冒険者成(な)り立ての剣士志望。十四歳です。一応このパーティーのリーダーをしています」

そうして自己紹介は進んでいく。


カーク、十四歳、剣士志望、リーダー。

ルーク、十四歳、戦士志望、タンク。

ニーナ、十二歳、シーフ志望、斥候(せっこう)。

テレス、十二歳、魔法師志望、攻撃・回復。


バランスはよさそうだけど経験も装備も全て足(た)らず、その事は自分達も分かっているので地道に頑張っている最中……だそうだ。

うんうん、いいねぇ、若いって……。

話しているうちに、街に到着した。

今は入場門前で身元確認の列に並んでいる。

『ぐうぅぅ～』

俺の腹の音が鳴る。

「ふふ、大きな音」

テレスに笑われてしまった。

「はは、すまない。朝から食べてなくてね」

「あ、じゃあ、コレ。干し肉の残りですけど食べます？」

「ああ、ありがとう。いただくよ」

テレスに干し肉をもらい齧りつく。……特別美味しくはないけど充分だ。

「ありがとう。ごちそうさま」

「ふふ、二回もありがとうなんて。そんなにお腹空いてたんですか？」

そんなやり取りをしているうちに、俺達の番が来たみたいだ。

「……」

そういえば俺、身分証とかないな。

……アレ？　ヤバくねっ？

◇　◇　◇

入場門前にて俺は一人焦っていた。

それは何故か？

身分証がないどころか金も持っていないから。うむ、マズイ！

よく考えたら、召喚された時の格好のままだから服装はジャージ上下。

靴は豚王のとこでもらっていたけど……周りの人達と見比べると明らかに違う。不審者臭が凄いよ、俺っ！

……カーク達はよく俺と一緒にいて平気だな。

「カーク、カーク。俺、身分証とか金とか持ってないんだけど……」

「……えっ？」

若干の沈黙が流れ……。

「カーク？」

「あ、すみません。ここでは身分証がなくても簡単な審査だけで、入るのにお金もかかりません」

「審査って？」

「衛兵の持っている水晶型の魔道具に触れるだけです。それで犯罪者かどうか見分けるみたいです」

「へぇ～、そんな便利な物があるんだな……」

ん～……それなら、とりあえず大丈夫そうだな。よかった……。

カーク達四人はギルドカードを出してすんなり通り、俺も問題なく通過できた。

ギルドカードは冒険者ギルドに限らず商人ギルド、魔術師ギルド等、各ギルドでも発行しているが、一枚あれば全て兼用できるらしい。

もちろん登録手続きは、それぞれしなくてはダメとの事。それでも便利だと思う。

また各ギルドは全ての国にあるので、ギルドカードは帝国内のみに留まらず各国でも身分証として有効だそう。

さらに入出金＋決済等も可能だとか。万能だなっ、おいっ！

問題なく通過できた事にホッとしている俺に、門番さんが声をかけてくる。

「ようこそ、ベルセの街へ！」

テンプレのようなそのセリフに少し嬉しくなり、俺は片手を挙げて応えてから、カーク達の下へ小走りで向かった。

「トーイチさん、あそこがベルセの冒険者ギルドです」

少しの間、ベルセの街並みをキョロキョロ見渡して歩いていたが、カークの声に反応してカークが指さす先の建物を見た。

そこには、盾に重ねて、剣が×の字に交差する看板が掛かっている、大きな建物があった。

「おおぉ、デカイなっ！」

「国境とダンジョンが近くにあるので冒険者が多く、その分、建物を大きくしてるそうです」

「へぇ～、ダンジョンも近くにあるのかぁ」

「僕達はまだダンジョンには行った事はないですけどね。さ、中に入りましょうか」

カークに促され建物内へ入る。

大きなホールの手前側は酒場になっていて、見た目ヒャッハーな方々が沢山いらっしゃる。

怖っ、怖いよっ！　……あと怖い。

ホールの中央付近は掲示板かな？　もう夕方なので今はあまり人がいない。

ホール奥に受付カウンターが五つあり、今はそのうちの三つしか受付していないようだ。

受付嬢は遠目に見ても、三人共美人さんだ。

うんうん、アニメやラノベ通りのテンプレ感。

冒険者ギルドはこうだよなぁ、なんて益体もない事を考えているとカークから声がかかる。

「じゃあ僕達は依頼達成の報告をしてきます。トーイチさんは登録と買取ですよね」

「ああ、一緒に行くよ！」

そして俺はカークと共に受付嬢の下へ……違う。登録のために受付へ向かった。

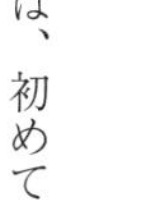

「こんにちは、初めての方ですね。冒険者ギルド・ベルセ支部へようこそ。受付のティリアと申します。ご用件を承ります」

受付嬢ティリアさんに『ニコリ』とした笑顔で迎えられた。

ティリアさんは……。

「黒髪セミロングのサラサラストレートの眼鏡美人さん。二十代半ばくらいだろうか、エリート女課長な感じだが、その柔らかい笑顔に皆、やられているのではないだろうか……可愛い」

って、そうじゃなかった。

「あ、冒険者への登録をお願いします」

「……」

「……？」

あれ、反応がないな。なんか顔赤いしプルプルしてるし体調悪いのかな？

『トントン』

「トーイチさん、トーイチさん」

カークが俺をつついて話しかけてくる。

「ん？　なんだ、カーク？」

「声、出てました」

「は？」

「黒髪セミロング、あたりから全部声が出てました」

「は？　……えっ？　マジでっ？」

『コクン』

カークが頷く。

……ぬううっ、声に出すなんて初歩的なミスを犯すとはっ。

ティリアさんの方をチラリと見てみる。まだちょっと顔が赤い。

……ん～、美人やら可愛いやら、言われ慣れてると思うんだけどなぁ。よし、誤魔化そう。

「えーっと、冒険者登録をお願いします」

「……ぁ、ハイ。少々お待ちください」

うん、復活したみたいだ。

◇　◇　◇

「お待たせしました。こちらの用紙に記入をお願いします。代筆は必要ですか？」

「あ～……ちょっと待ってください」

「……？」

用紙を流し見る。ん～、ちゃんと読めるから『言語理解』が働いているのだろう。

なら書くのも大丈夫かな？

「ちょっと書いてみます」

名前：トーイチ
職業：無職
得意戦闘：剣術・体術

「書けました」

「ハイ、確認しました。ではこちらの水晶に手を置いてください」

「はい」

俺が水晶に手を置くと、水晶は光りすぐに収まった。

「これは……？」

「今ので、ギルドカードにあなたの魔力を刻みました。これで、本人以外はカードの使用ができなくなりました」

「なるほど。指紋認証みたいなものか……」

「シ……モン？」

「ああ、いえ、なんでもないです」

おっと……余計な言葉は口に出さないようにしないとな。

「では、えーっと、トーイチさん。こちらがギルドカードになります。今回は費用がかかりませんが再発行時は金貨一枚が必要になります。失くさないようご注意ください」

「はい、分かりました」

「引き続き冒険者ギルドの説明は必要ですか？」

「ではお願いできますか」

「分かりました。資料を持って参りますので、少々お待ちください」

◇　◇　◇

ティリアさんが資料を取りに席を立った。

周りを見ると、カーク達はすでに依頼報告を終え、酒場の席に座りこちらを見ながら喋っていた。

どうやら俺を待ってくれているようだ。

俺が手を振ると、四人共手を振り返してくれた。

「お待たせしました」

ティリアさんが戻ってきたので、俺は向き直った。資料を受け取り姿勢を正す。

「資料を見ながらで構いませんので説明を始めます。質疑は随時していただいて構いません。では最初の一枚目を……」

要約するとこんな感じか……。


【冒険者のランク】

F～Sランクがあり、ランクに応じた依頼の達成回数や、討伐した魔物のランクに応じて昇格。Cからの昇格は試験が必要。

Bランクから指名依頼が発生する事もある。

依頼失敗が続いたり長期間依頼を受けないでいたりすると、降格・登録抹消もある。

【依頼・報酬】

ホール中央の掲示板に貼られた依頼書を持って受付する事で受注。依頼失敗時は罰金が発生。内容・数・期限を確認する事。

依頼終了報告時に受付にて報酬の支払いが行われる。支払い時に現金かギルドカードへの入金が選択できる。

【解体・買取】

依頼達成に必要な物以外はギルドでの買取が可能。魔物解体は手数料が必要。

【緊急招集】

F〜Dランクは任意。

C〜Sランクが応じない場合、ペナルティの発生。ただし依頼で街を離れている、怪我・病気等で応じられない場合は例外。

【その他】

冒険者ギルド内外での冒険者同士の問題に冒険者ギルドは責任を持たない。場合によりペナルティは発生する。

依頼時の怪我に対してギルドは責任を持たない。ただし申請する事で依頼未受注による

ペナルティを免除する（怪我以外の理由での申請も可）。

指名依頼は依頼者と冒険者が面接後に受注の可否を任意で決める。依頼拒否でのペナルティは発生しない。


「――以上です。何かご質問はございますか？」

「いえ、特にないです」

「では説明を終わらせていただきます。他にご用件はございますか？」

「ん～……あ、それじゃあ買取をお願いします」

「解体は必要ですか？」

「いえ、大丈夫です」

「では買取カウンターの方へ移動しましょう。こちらです」

　そしてティリアさんに付いていき、買取カウンターを挟んで向かい合う。

　ここに来るまで蹴り飛ばしたゴブリンは、『アイテムボックス』へ収納・解体済みだ。

　討伐証明の右耳と魔石は、カークにもらった袋に詰めて、腰にぶら下げている。

　ギルド内で『アイテムボックス』から取り出してしまう、なんてテンプレは回避だっ！

　死骸は『アイテムボックスＥＸ』の機能、ごみ箱で処分済み。便利すぎる。

「これの買取をお願いします」

「はい、少々お待ちください」

　俺は袋を二つ、カウンターへ置く。

　ティリアさんはその袋を持って奥の部屋へ行き、少しして戻ってきた。

「お待たせしました。ゴブリン十五匹×銅貨二枚。ゴブリンの魔石十五個×銅貨二枚。ゴブリンは常設依頼になりますので、三匹討伐で銅貨五枚×五回依頼達成となり、合計銀貨八枚、銅貨五枚のお支払いです。お支払いは現金とギルドカードへ入金、どちらにされますか？」

　へぇ、常設依頼なんてあったのか。なんか得した気分。

「では現金でお願いします」

「はい。……ではこちらになります。あと依頼達成となりましたので、ギルドカードを更新します。お預かりします。……はい、更新完了です」

　俺はカードを受け取りジャージのポケットに現金と一緒に突っ込む。

　もちろんポケット内は『アイテムボックス』だ。

「他にご用件はございますか？」

「ん〜……いいえ、全部終わりました」

「はい。では依頼以外でも分からない事があったら聞きに来てくださいね。お疲れ様でした」

くっ……、最後の『ニコリ』とか営業スマイルだろうけど、可愛いすぎかよっ！　惚れるっ！

「夕方からいろいろとお手数かけました。ありがとうございました」

俺は一礼したあと、手を振りながらカーク達の席へ向かった。

「……悪い、待たせたな」

俺は片手を挙げながら一言告げ、カーク達の席に近付いた。

「お兄さんはこれからどうするんですか？」

ニーナに問われる。

「ん？　あ～っ、そうだな……どうすっかなぁ……」

初めての異世界で、初めての街で、初めて金を手に入れたのだ。何をすればいいのかよく分からん。

……いや、そうだ。寝るトコと飯を確保しなければっ！

思い立った俺はカーク達に向き直り……。

「もしよかったら宿屋と飯屋を教えてくれないか？　この街の事もぜんぜん知らないか

らさ」

「あっ、でしたら僕達が泊まってる宿に行きましょう。あそこならご飯も美味しいですし、部屋の空きもあったはずです」

「そうか……じゃあ案内頼めるか？」

「ハイ！」

俺達が冒険者ギルドを出ると、街にはすっかり夜の帳が降りていた。

しかし街はまだまだ活気に溢れている。

ヒャッハーな方々は、夜はまだまだこれからだと言わんばかりに騒いでいる。

「この街は街自体が元気だな」

俺はボソッと呟いただけだったが、それをカークが拾う。

「この街は帝国で三番目に大きい街ですからね」

「そうなのか？」

「ハイ！　前にも言いましたが、ここは国境が近く、ダンジョンも近いため、冒険者が多く集まり兵士も多いんです。ダンジョンのおかげで魔物の素材が大量に確保できるので、他の街に比べ物流が豊かなんです！」

「なんでアンタがドヤ顔して説明してんのよ……」

ニーナのツッコミが静かに入るが、カークは止まらない。

俺も若干引いてきたあたりで目的の宿屋に着いた。

「ここが僕達が泊まってる宿です。宿代もそこそこ安く部屋数も沢山。帝国内外にいくつも支店を持つ有名な宿なんですよ」

へぇ～、と思いながら建物を見上げ、大きな扉の上の看板を見る。


『宿屋ア……』


オイィィィっっっっ！

日本でよく目にした『ア』から始まる宿屋名に、支店を出すスタイル。さらにリーズナブルで部屋数多いとか、完全に日本人関係してるよね。何？ 誰か転移したの？ 転生したの？

「……」

「……どうかしました？」

「……いや、なんでもない」

ふぅぅぅぅ……落ち着け、俺、クールに……そう、クールになれ……。偶然だよ偶然。

うん、気にしなければ問題ない。絶対偶然、よし、そう決めた。

揃って宿に入り一階部分を見回す。

……ふぅ、さすがに中は普通の異世界っぽい……というか中世っぽい宿だった。

一人嫌な汗を背中にかき、若干挙動不審だった俺は安堵する。

「じゃあトーイチさん、宿の受付してご飯にしましょうか」

「ああ、そうだな」

カークの言葉に首肯し受付へ向かう。

異世界生活初日。やっとゆっくりできそうだ。

宿泊の受付を済ませて金を払い鍵を受け取る。料金は一泊一食（朝食付き）で銀貨一枚。

このホテ……宿では、どの支店でもこれがスタンダードとの事。

カーク達はワンランク下の部屋で、四人一部屋朝食付きで、銀貨一枚なんだとか。まあそれなら安いな。

そしてお楽しみの、異世界初の夕飯。

普通にうまかった。うまかったのだが問題もあった。

……いや、悪い意味ではないのだけれど……。

なんとマヨネーズがあったのだ。あとケチャップも……。

そして極めつけは……米と醤油まであったのだ。いや、嬉しいけども……。

明日の朝は味噌汁だろうな。

この時点で、俺の料理チート無双の夢は儚く泡となって消えてしまった……無念。

絶対、過去に日本人がこの世界に来ているだろう。まあこれで食については、金があれば不自由はしなさそうだな。

金と言えば通過に単位はなく、そのまま銅貨、銀貨、金貨、白金貨となっていた。

価値は、日本円にたとえても意味はないが、こんな感じ。

銅貨一枚、百円。

銀貨一枚、千円。

金貨一枚、一万円。

白金貨一枚、十万円。

じゃあこの宿、一泊千円は安すぎないか？

そう思ったが、冒険者価格なんだとか。

冒険者ギルドと提携しており、受付時にカードを提示。

冒険者以外は、シングルの部屋で銀貨三枚なんだと。入出金といい、ギルドカード万能すぎるやろ……。

◇　◇　◇

この宿は一階がエントランス・受付・食堂、二階が四人部屋、三階がシングル・ツイン、四階がダブル・VIP、と分かれている。

夕食を取ったあと四人と別れ、三階の部屋へ入った。四畳半くらいの部屋に、ベッドと小さめのキャビネット、椅子が一脚と机になりそうな棚が置いてある。トイレもあり、さらに嬉しい事にシャワールームもあった。日本人としては風呂に浸かりたいところだが、設備としては充分だろう。

俺は汗を流しベッドにゴロンと寝転がる。

「さて、明日からどうするか……」

独り言ちて何が必要か、何をしていくか考えに耽っていく。

まずは服かな……。ジャージをなんとかしないとな……若干目立っていたからな。

となると、金が必要になる。

ギルドに行き常設依頼を確認。マップ先生を使って少し乱獲するか。

目標は宿代飯代を除いて、金貨十枚ってトコかなぁ。……で、服と装備を揃える。うん、そんな感じでいいかな……。

今日一日で銀貨八枚稼げたから、俺なら一日金貨二枚はイケるだろう。なら必要経費含めて、これから一週間、一日金貨二枚目標。

ふむ……よし、これでいこう。

明日からの簡単な予定・目標を決めると、横になっていた俺はそのまま意識を手放した……。

◇◇◇

「ふわぁ……ん～……。起きるか」

体が軽い。よく眠れたからか、『健康EX』のおかげか。

……多分後者の影響で眠れた、が正解かな？

俺はささっとジャージに着替え、食堂へ下りていく。

カーク達四人はすでに朝食を終わらせて寛いでいた。俺は近付き片手を挙げて、声をかける。

「おはよう」

「「「「おはようございますっ！」」」」

……元気だなぁ、若いなぁ。

朝食はバイキング形式だったので、俺はトレーを持って、大皿の置いてあるテーブルを回る。

そして……あるな、味噌汁。まあ匂いで分かっていたけど。もちろんGETした。

米、ベーコンエッグ、サラダもGETしてカーク達のテーブルに着く。


「ごちそうさまでした」

食後のコーヒーを堪能しながら、コーヒーもあるのか……なんて思っていると、ニーナに声をかけられる。

「お兄さんは、今日はどうするんですか？」

ん～……このまま話を進めると、一緒に依頼をって流れになるよなぁ。

……申し訳ないけど、ここでそのフラグは折っておこう。

「ああっと、そうだな……ずっと旅をしていたから体が結構疲れているみたいでね。だから一週間くらいは何もしないで、休んでようかと思っているんだ」

「「「ええぇぇっ……」」」

四人共残念そうにする。

ごめんよ、一人じゃないと好き勝手に動けないから、こうするしかないんだよなぁ。

ちょっぴり罪悪感があるが仕方ない。

「むぅ……せっかくお兄さんと一緒に依頼受けようと思ってたのにぃ～」

「ダメだよ、ニーナ。僕も残念だけど、疲れているなら、ちゃんと休んでもらった方がいい」

「むぅ……分かってるわよ」

「すみません、トーイチさん」

「俺の都合だし気にしないでくれ。ごめんな、ニーナ。また機会があったらって事で……な」

「うん、その時はよろしくね」

「依頼。どんなのがあるか見たいから、ギルドまでは一緒に行くよ。とりあえずそれで勘弁な？」

「分かった♪」

こうして俺はフラグを折って、ニーナの機嫌を戻した。

任務達成ってトコかな……いやいや、今日はまだこれからだ。

「よし、じゃあ、ギルドに行くかぁ」

よいしょっ、と立ち上がり、カーク達と宿を出てギルドに向けて歩き出す。

「カーク達はいつも、このくらいの時間から動いてるのか？」

「いつもはあと一時間くらい早いですかね」

「そっかぁ。俺の事、待ってたんだろ？　悪い事したなぁ、すまん」

「いいえ、謝（あやま）らないでください。そもそも昨日のうちに聞いておけばよかった事ですから、悪いのは僕達です。だから気にしないでくださいね」

「カークは本当にいいヤツだなぁ。ありがとな」

「ハイっ！」

そんな話をしながら歩いていると、あっという間に冒険者ギルドへ到着した。

俺はカーク達と一緒に冒険者ギルドに入る。

掲示板前に移動し、残っている依頼書を見始める。

カーク達は相談しながら、何を受けるか決めている。

俺は俺で、常設依頼と他にどんな依頼があるか見ようと掲示板前をうろうろする。

カーク達は、掲示板から依頼書を二枚剥（は）がして受付へ持っていった。少しして、俺のところに戻ってくる。

「依頼は無事に受けられたか？」

「ハイっ！　今日は街内の清掃と、引っ越しの手伝いを手分けしてやってきます」

「そっか、頑張れな」

「ハイ、行ってきます！」

「ああ、怪我に気を付けろよ」

カーク達は二手に別れて走っていった。うん、元気でよろしい。

さて、俺は依頼書確認の続きだな。

【常設依頼（素材・魔石の買取別途）】
ゴブリン討伐：三匹×銅貨二枚＋銅貨五枚
コボルト討伐：三匹×銅貨三枚＋銅貨十枚
スライムの核：三個×銅貨五枚＋銅貨十枚
薬草採取：十束銅貨五枚＋銅貨五枚

ふむ、こんなもんか。

……次は服と武器だな。

ギルドを出てすぐ側に、初心者用の武器防具店があるってカークが言ってたな。

とりあえずギルドを出る。

……あぁ、確かにすぐ側にあるわ。

『カランカラン』

「こんにちは～っ！」

扉の鈴？　鐘？　を鳴らし、挨拶しながら勢いよく入店すると、正面カウンターに厳つ
いおっさんがいた。

……店主さんかな？

「何か用か？」

いや客ですけど……。

「初心者用の装備でいいので見繕ってもらえませんか？　予算は銀貨五枚までで」

「チッ……ぎりぎりじゃねえか。希望はあるか？」

舌打ちしやがったっ！

「なるべく丈夫な服が欲しいです。武器はできれば長剣。なければ短剣を……」

店主？　が店内を回り乱雑にかき集め、『ドサッ』とカウンターに置く。

「……銀貨五枚、最低限だとこんなもんだ。嫌なら帰りな」

『鑑定』。

厚手の服：ちょっと丈夫。上下セット。
革のサポーター：ほんのり丈夫。肘二個膝二個のセット。
鉄の短剣：そこそこ切れる。

雑っ！　雑だよっ、鑑定先生っ！　もう少しちゃんと仕事してっ！

　でもこれだと銀貨五枚超えてるんじゃないか？

「あの……予算オーバーしてません？」

「……ウチはそれで銀貨五枚だ。文句あるなら帰れ」

「あ、いえ、ありがたくいただきます。じゃあ、これ銀貨五枚……」

「……フン、毎度。そこの衝立の裏で着替えてけ。ああ、袋やるから、これにその妙な服を入れとけ」

　……ツンデレさんかな？

「ありがとうございます」

　俺は袋を受け取り着替え始めると、衝立の向こうから店主？　が話しかけてくる。

「おう、兄ちゃん。金ができたらまた来い。最低限の装備じゃ、まだまだ危ないからな」

　なんだ、普通にいい人じゃん。無愛想なだけなんだな。

　うん、カークがこの店を教えてくれたのも納得だ。

「はい、また来ます」

「……フン、サービスだ。これも着けとけ」

　と言って、衝立の上に何かを引っ掛け、カウンターの方に戻っていった。

引っ掛けられた物を手にとると、腰に着けるホルスターだった。

これで、ちょうど腰の後ろに短剣を装備できる形になった。

俺は着替えを終えて、装備を確認する。

右手で腰の後ろから、短剣を引き抜き構えてみる。

おおっ、ちょっとカッコよくねっ！　とか内心はしゃいでいると……。

「……着替え終わったらさっさとギルドなり依頼なり仕事しに行け……」

そう店主から言われてしまった。

……ですよねぇ～、恥ずいっ！

「おう、兄ちゃん。俺は店主のガルドだ。ちゃんと生きて、またこの店に来いよな」

「あ、俺はトーイチって言います。ガルドさん、また来ますんで、よろしくお願いします」

俺は片手を挙げ店から離れていく。

ふむ、いいおっさんだった。

ただ顔が厳つくて無愛想なだけで、優しい人なんだろう……。

さて最低限だけど準備はできた。

街の外に行くとしますかっ！

◇　◇　◇

俺は門に向かって歩きつつ『マップ』を弄る。

カーク達四人をマーキングして、遭遇しないようにしないとな……っとこれでよし。

それから索敵範囲を半径五百メートルに広げて魔物を指定、赤点と種族名・レベルを表示。

さらに採取できる植物を緑表示。これは表示が沢山出すぎても困るから範囲を縮(ちぢ)めて半径五十メートルっと。

よし、設定完了。

マップ先生、便利だなぁ……と思っていると門に着く。

ギルドカードを提示し門を出て、街道に沿(そ)って歩いていく。

今歩いている街道は皇都に続いていて、両側とも見晴らしのいい草原になっている。

左手側は草原が地平線まで広がっているが、右手側は少し離れたあたりから森が始まっている。

俺は森に向かおうと思っている。

「……もう少し歩きながら、スキルの確認をするか」

そう独り言ち、ステータスを出しスキルの確認をしていく。

まずは『アイテムボックスEX』。

マジでいろいろ凄かった。

俺は武器屋の店主ガルドにもらった袋からジャージを出して収納。

解体・分解・再構築で新品のようになった。

ただし欠損が大きかったりするとダメみたいだが、破れ程度なら直るようだ。判定が難しそうだ。

出し入れは、俺が目視できれば、その範囲で自由に可能。

さらに十メートル程度なら『鑑定』と『マップ』との併用で、指定した物の出し入れが可能との事。

破格の性能である。

まあこの機能で盗みをするのは論外としても、例えば大岩を収納して上空に出して、『隕石召喚《メテオ》』とかできそうだ。

……考えておこう。

剣術：剣（片手剣に類する物）使用時に力・技のキレ・切れ味に補正。剣技使用時のMP消費軽減。効果はレベルに比例し、EXは補正（極）。MP消費激減。

ほぉ、『剣技』なんてあるのか……。
……まだ覚えてないな。
ま、まあ昨日は蹴るか歩くしかしてないからなっ！　……泣けるっ！

体術：無手戦闘時に力・技のキレ・体のキレに補正。武技使用時のMP消費軽減。効果はレベルに比例する。

『武技』も覚えてないな。
つまり、ただ蹴るだけじゃダメって事か。

空間魔法：空間属性に類する魔法を取得可能。取得できる魔法はレベルに依存。使用時のMP消費軽減。EXは類する魔法を全て取得可能。MP消費激減。
取得：転移。
特殊な結界やダンジョンを除き転移可能。

まだ『転移』しか覚えてないけど充分なんだよなぁ。

ふむ……とりあえずこんなもんかな。

街からそこそこ離れた場所で前後左右確認。街道脇のちょっとした繁みに入って『転移』。

森の入り口？　に到着。

……さて狩るかっ！

現在のステータス
名前：村瀬刀一（18）
種族：人間
職業：無職
称号：召喚されし者
レベル：8
HP：1600　MP：800
力：800　敏捷：960
魔力：640　精神：800
器用：1120　運：80

【スキル】
鑑定ＥＸ　アイテムボックスＥＸ　言語理解
健康ＥＸ　マップＥＸ　ステータス隠蔽・偽装
高速思考レベル4
【戦闘系スキル】
剣術ＥＸ　体術レベル4
【魔法系スキル】
空間魔法ＥＸ
【生産系スキル】
【固有スキル】
女神の恩寵

マップの森側には赤点表示がかなりある。
結構いるなと思いつつ、近い表示に近付いていく。
マップには種族名も表示させているので分かってはいたが、フォレストウルフが三匹いた。

多分匂いで感知していたのだろう、森の中を軽快にこちらに近付いてくる。

俺は近くに落ちている石ころを掴み、先頭のフォレストウルフに思いっきり投げる。

『ドパンッ』と音がして、フォレストウルフの頭部が弾け飛んだ。

え～……ナニソレ、グロい。

ピロン♪

『投擲レベル1を取得しました』

仲間の死を見ても関係ないとばかりに、残りの二匹はさらに近付いてくる。

一匹が飛びかかって来るのを、側頭部を右足で蹴り飛ばし、横から飛び込んでくる一匹を後ろに飛んでかわす。

最後の一匹と向き合い対峙するが、俺は一息で飛び込んで顔面にサッカーボールキックをお見舞いする。

フォレストウルフは木に叩き付けられそのまま動かなくなった。

ピロン♪

『レベルが上がりました』

『体術レベルが上がりました』

『縮地レベル1を取得しました』

俺はフォレストウルフ三匹を収納し解体しておく。

フォレストウルフは常設依頼になかったけど、まあいいか。

んでもって『ステータス・スキル鑑定』っ！

投擲：投擲時の攻撃力・命中・飛距離に補正。効果はレベルに比例する。

縮地：戦闘時に一瞬で敵との距離を詰める武技。使用時の距離・速さに補正。ＭＰ消費軽減。効果はレベルに比例する。

いいスキルを覚えた。戦闘に役立ちそうだ、とニヤニヤしていたが、とある事に気付く。……短剣使ってねぇ……。

次はちゃんと短剣使おう……と誓う。


周りに生えている薬草と毒消し草を採取……というか指定収納（指定したモノを自動で採取できて楽すぎる）しながら狩りを再開。次の標的へ歩を進める。

ゴブリンが五匹、まだこちらには気付いてない。木の陰で様子を窺っていると……。

ピロン♪

『気配遮断(しゃだん)レベル1を取得しました』

おっ、またスキル取得したか。なんて思いつつ、逆手(さかて)で腰から短剣を引き抜く。

刃物で生き物を殺すのは少し抵抗があるな、と思っていたが、その抵抗感も徐々に薄れ消えていく。

これ多分、『健康EX』の精神異常無効の効果だろうな、と結論する。

ゴブリンは俺に全く気付かず五匹共こちらに背を向けた瞬間……『縮地』。

一番後ろのゴブリンに一瞬で迫(せま)り背後から首を両断。……次っ！

二匹目、まだ気付いてない。後頭部に膝を叩き込む。

三匹目、気付いたのかこちらを向こうとした時『縮地』、横に移動し短剣を振る。こいつも首を両断。

……したところで、残り二匹はこちらを向いていた。

ピロン♪

『縮地レベルが上がりました』

『短剣術レベル1を取得しました』

『短剣術レベルが上がりました』

『縮地』で間合い(まあい)を詰め、鳩尾(みぞおち)あたりに足刀(そくとう)を叩き込む。

ピロン♪

『体術レベルが上がりました』
俺を一瞬見失った、最後のゴブリンがこちらを振り向く。
瞬間、『ズンッ』と短剣が眉間（みけん）に突き刺さる。
ピロン♪
『レベルが上がりました』
『投擲レベルが上がりました』
「……ふぅ」
俺は一息ついて、ゴブリンを『アイテムボックスＥＸ』で収納・解体。
短剣を分解・再構築して新品同様にする。ついでにあたりの薬草を採取。
「……」
なんとなく手で引き抜いてみた。
ピロン♪
『採取レベル1を取得しました』
さっそく、『鑑定ＥＸ』起動。

採取：採取時の品質に補正。効果はレベルに比例する。

ほぉ～、このスキルはレベルを上げておきたいなと、あたりの薬草を指定収納。

……上がらないな。

つー事は、手で採取しないと経験値は得られないのか。

……今収納したのは変化ないのか？

確認すると、『薬草＋1』だった。

効果出てるな。

となると経験値は直に採取で。指定収納は経験値には入らないけど品質はその時のスキルレベルを反映する、って感じか……。

よし、ちょっと面倒だけど採取はもう少し頑張るかっ！


ピロン♪

『採取レベルが上がりました』

いろいろ採取してスキルレベルが5まで上がった。うん、こんなもんでいいか。

あとは指定収納していこう。

小腹が空いてきたので、朝に屋台で買った串焼きを食べる。

『アイテムボックス』から出したそれは、ホカホカと湯気を出しいい匂いだ。

そしてうまい。

三本食べたところで匂いに釣られたのか、フォレストウルフが一匹現れた。
……ゴブリンが乗ってるな。『鑑定』。

ゴブリンライダー　レベル8
魔物を騎獣とした事でゴブリンが進化して上位種となった個体。単体でもゴブリンより数段強い。

ライダーウルフ　レベル6
騎獣になった事でフォレストウルフが進化して上位種となった個体。単体でもフォレストウルフより数段強い。

へぇ～、こんなんもいるのか。
……それよりゴブリンライダーに注目する。
……野郎、片手直剣持ってやがるっ！
俺はまだ持ってないのにっ！
ゴブリンライダーは今にも飛びかかってきそうだが、そんな事はどうでもいい。
「……その剣を寄越しやがれっ！　『縮地』」
ゴブリンライダーは右手に剣を持っていたので、俺は左手側に一瞬で間合いを詰め、右回し蹴りを放つ。

首筋に決まり地面に落ちて動かなくなる。

……次っ！

バックステップで間合いを取り、右順手で短剣を抜く。

主を失ったライダーウルフがこちらを見た瞬間に『投擲』。眉間に深く突き刺さり、ライダーウルフは地面に倒れ伏した。

ピロン♪

『レベルが上がりました』

俺は死骸を収納・解体し、短剣も回収、鞘に戻す。

そしてゴブリンライダーの持っていた剣も回収。収納・分解・再構築し新品同様にする。

剣は刃渡り七十センチくらい、片刃の直剣で反りはないけどまあまあ使いやすい。

これからはこれをメイン武器としよう！

若干……いや、大分テンションが上がってしまったが仕様がない。

男子は何歳になっても武器とか好きな生き物なのだ。

多分。剣とか銃とか好きなはずっ！　多分っ！

特に四十オーバーの俺はビー◯サーベルとかラ◯トセイバーとか、あとハイメ◯ランチャーとかファ◯ネルとかが好きだ。

浪漫だよ、浪漫。

一人テンション上がっていると、魔物の接近に気付かず結構な数に囲まれていた……。

「……あれぇ？」

現在のステータス
名前：村瀬刀一（18）
種族：人間
職業：無職
称号：召喚されし者
レベル：11
HP：2200　MP：1100
力：1100　敏捷：1320
魔力：880　精神：1100
器用：1540　運：80
【スキル】
鑑定EX　アイテムボックスEX　言語理解
健康EX　マップEX　ステータス隠蔽・偽装

高速思考レベル5　気配遮断レベル1
【戦闘系スキル】
剣術EX　短剣術レベル3　体術レベル6
縮地レベル3　投擲レベル3
【魔法系スキル】
空間魔法EX
【生産系スキル】
採取レベル5
【固有スキル】
女神の恩寵

◇　◇　◇

一人フェスっていたらゴブリンライダーさん達に囲まれてた。
うん、ちょっと意味が分からない。
いや、分かってるけれど……。
テンション上がりすぎて警戒するのを忘れてただけだね……おっさん、反省。

多分『マップEX』のアラートも鳴ってたんだろうなぁ……。

心の中で反省してあたりを見回す。

完全に囲まれているじゃないですか、ヤダー。

あと目視できない木の陰にも潜んでるな……。

しかしそんなのはマップ先生にはお見通しだっ！

……十……十五……十八匹。ウルフも入れたら三十六匹か。

一対三十六。

自分達の勝利を確信しているのか、俺を中心にゆっくり回っている。

心なしかニヤニヤしているように見える……イラッ。

上等っ！

おっさんの戦い方を思い知るがいいっ‼

◇　◇　◇

「『気配遮断・転移』」

「グギャッ？」

「ギャギャ？」

「『投擲・投擲・投擲・投擲・投擲』ぃっ！」

『ドパンッ、ドパンッ』

連続で破裂音が鳴り響く。

突然気配が薄れ目の前から消え、予想外の方向からの攻撃。ゴブリンライダー達は一瞬で状況をひっくり返された。

「『転移・投擲・投擲・縮地』っ！」

消えてからの見えない攻撃。

今度は突然現れ短剣で首を両断され、蹴り飛ばされる。

ゴブリンライダー達は混乱した。

どんどん仲間が殺られていく。

木の陰に潜ませている奴まで、どんどんどんどん殺られていく。

「『縮地・転移・投擲・投擲・縮地』っ！」

最後の一組になったゴブリンライダーは思った。

人間の中には、弱そうに見えても手を出してはいけない奴がいるのだと。

あぁ、死神が目の前に現れた。

「ラストォォっ！」

『スパァンッ!!』

『アイテムボックス』から長剣を取り出し、『縮地』から上段に振り上げ袈裟(けさ)斬り、ライダーウルフごと一刀のもと両断する。

「……ふぅ」

ちょっと疲れた……ような気がするだけだな。

よし、回収。

ゴブリンライダー達は武具も持っていた。

再構築すれば売れるかな？　これも回収だな。

長剣は『剣術ＥＸ』のおかげか凄く馴染(なじ)む。

うん、いい感じ。しかし鞘がないから収納。

できたら刀が欲しいな……。


またしばらく採取して狩りをする。

日も傾(かたむ)いてきたのでそろそろ帰ろうかな？　と考え始めていると、マップの森の奥側に一匹だけの反応。魔物はフォレストベア。

まだ見た事のない魔物だ……。
ふむ……よし、こいつをラストにして帰るか。
俺は移動を開始し、植物を指定採取しながらフォレストベアに近付いていく。
少し遠いところから『気配遮断』を起動、木に隠れながらゆっくり距離を詰める。
「……」
すでに目視しているんだけど、アイツ、俺に気付いてないか？
観察しているとどんどん近付いてくる。
時折クンクンしてるところを見ると……匂いか……。
完全に気付かれてるわ、コレ。
仕様がないので俺も『気配遮断』を停止、木の陰から出て近付いていく。
フォレストベアも完全に俺を視界に捉えているのだろうが、ゆっくり近付いてくる。
俺は長剣を取り出し、お互いの距離が十メートルくらいのところで対峙する。
「……」
デカイ、デカイよっ！
フォレストベアは全長五メートル超の巨大熊さんだった……。

現在のステータス

名前：村瀬刀一（18）
種族：人間
職業：無職
称号：召喚されし者
レベル：17
HP：3400　MP：1700
力：1700　敏捷：2040
魔力：1360　精神：1700
器用：2380　運：80
【スキル】
鑑定EX　アイテムボックスEX　言語理解
健康EX　マップEX　ステータス隠蔽・偽装
高速思考レベル6　気配遮断レベル3
【戦闘系スキル】
剣術EX　短剣術レベル6　体術レベル7
縮地レベル4　投擲レベル5
【魔法系スキル】

空間魔法ＥＸ
【生産系スキル】
採取レベル5
【固有スキル】
女神の恩寵

「グァルラァァアアッ!!」

「……ふっ！」

『スパンッッッ!!』

フォレストベアが攻撃しようと立ち上がった瞬間、俺は『転移』で背後に跳び、首を両断。

一撃で仕留(しと)めた。

フォレストベアの死骸を収納・解体を行い、一息つく。

「……ふぅ。さて帰るか」

『マップ』を起動、ベルセの門付近で人のいないところを探す。

……お、あったあった。よし『転移』。

『転移』後に念のため、前後左右・マップ確認。

……うん、大丈夫そうだ。

そして門までテクテク歩いていき、しれっと審査待ちの列の最後尾に並ぶ。

もちろん門付近にカーク達がいないのは、事前に『マップEX』で確認済みだ。

カーク達は揃ってギルドにいるようだ。

多分、依頼の報告だろう。

そして俺の並んでいる門はギルドから少し離れているため、二重に安心だ。……ふふ、完璧だな。

俺の番になり、門番さんにギルドカードを提示し門を通り街に入る。

宿に戻る前に換金しないとな……。

俺は買取してくれそうな店を探す。

う〜ん……個人商店がいいか大きな商会がいいか分からんな……。

……どうするかな。

「……」

そうだ。商人ギルドで聞いてみよう。

登録しなくても買取してくれるかもしれないし、それが無理でも店を紹介ぐらいはしてくれるだろう。

そう考えた俺はマップを確認。

商人ギルドは～っと……よし、冒険者ギルドとは離れてるな。ちょうどいい。これならカーク達と鉢合わせになる事はまずないだろう。

少し歩いて商人ギルドの前に着く。

建物の大きさは冒険者ギルドと然程変わらない。……が、当然、出入りする人の雰囲気はぜんぜん違う。

冒険者ギルドはヒャッハーな感じの奴らが多いからなぁ……。

俺は扉をくぐり受付カウンターへ向かう。

「商人ギルドへようこそ。ご用件をどうぞ」

「買取をお願いしたいのですが」

「はい、ではこちらの札を持って買取カウンター付近でお待ちください。番号が呼ばれたらカウンターへ行き、この番号札とギルドカードをお出しください」

「分かりました。ありがとうございます」

俺は軽く頭を下げ、買取カウンター近くのベンチへ向かった。

◇　◇　◇

俺は買取カウンター前のベンチに座り、順番待ちをしながら商人ギルドの一階を見渡す。

「……」

冒険者ギルドと同じくらいの大きさだが、酒場がなくカウンターが多い。

パーテーションで仕切られている区画は商談スペースかな？

行き交う人達は、大荷物を持った人や従者を連れた身なりのいい人などが多い。

皆忙しなく動いているか、受付を終えてじっと待っているかしている。

酒場はないがカフェだろうか。広くはないけど一角を陣取っている。

その区画では、ゆっくり飲み物を飲んでいる人や、タバコを吹かしている人が見受けられる。

「……タバコ……あるのか……」

あぁ、タバコ吸いたいなぁ……。転移前は一日一箱は吸っていたもんなぁ。

転移後に体は若返り、スキル『健康ＥＸ』なんて付いたから忘れてたわ。

体が欲しているわけじゃないんだけど、見ると吸いたくなってしまった。

……と、そこで番号を呼ばれた。俺は買取カウンターへ行き、番号札とギルドカードを渡す。

「本日は何をお売りいただけるのでしょうか」

「武器防具を三十程なんですが大丈夫ですか？」

「はい、大丈夫です。カウンターにお出しください」

俺は腰にぶら下げた、ガルドにもらった袋から武器防具を出していく。

「その袋、マジックバッグなんですね」

「はい、そんなに容量は大きくないんですけどね。重宝してます」

もちろん嘘である。

ただの袋をマジックバッグに見せかけ、『アイテムボックス』から出しているだけ。

マジックバッグの事はカーク達の話の中に出ていたので、ガルドに袋をもらった時点で、このカモフラージュ方法は思いついていた。

「これで全部です」

俺は売却予定の武器防具を全部出す。長剣一本は残した。

「はい。査定をしますのでベンチでお待ちください。終わりましたらお名前をお呼びします」

俺は「分かりました」と頷き、ベンチへ戻った。

「トーイチ様、買取カウンターへお越しください」

　アナウンスで呼ばれ買取カウンターへ行く。

「査定の結果ですが、新品同様で非常にいい状態でしたので、プラス査定させていただきました。こちらの買取額で如何でしょうか？」

　と査定表を渡される。

　一覧になっており武器防具一つ一つ査定されていた。

　俺が一番下まで目を通すと……。

『金貨二十四枚』

　そう記載されていた。

「……高くないですか？」

「トーイチ様の持ち込んだ物に高級な物はありませんでしたが、どれも銀貨六～七枚の物です。そこに先程申し上げた通り、状態のよさを加味しプラス査定としましたので、正しい査定かと……」

　元がゴブリンが持っていた物で仕入に金はかかってないし、スキルのおかげで新品同様にしちゃった……と言うより、なっちゃっただけだから、少し後ろめたいけど……まあいいか……。

「分かりました、これで買取をお願いします」

「ありがとうございます。支払いはどうなさいますか？」

「ギルドカードにお願いします」

「かしこまりました。少々お待ちくださいませ……はい、カードをお返しします」

「ありがとうございます」

「はい、ご利用ありがとうございました」

ギルドカードを受け取り、商人ギルドをあとにする。

……うーん、わずか一日で小金持ちになってしまった。

目標金額も軽く超えた。

明日からどうするかな。

……あっ、カード内の残額（ざんがく）ってどう確認するか、聞いてなかったな。

宿に戻ってカーク達に聞くか。

空を見上げるとすっかり日は落ちていた。

俺は宿への道を歩いていく。

◇　◇　◇

「「トーイチさんっ」」

「「お兄さんっ！」」

　宿の前に着くとちょうどカーク達と鉢合わせになった。

　俺は片手を挙げ応える。

「ようっ。依頼は上手くいったのか？」

「ばっちりですっ！」

　と、四人共ピースサイン。

　こっちにもピースサイン、あるのか……。サムズアップもありそうだな。

「そっか」

　と俺は笑いかける。

「トーイチさんは装備、調えたんですね」

「ああ、カークに教えてもらったガルドさんのところに行ってきたよ。装備はまだまだ足りないからまた来いって言われたよ。いい人だな、あの人」

「ぶっきらぼうですけどね。僕らもガルドさんのところで、少しずつ装備を揃えているんです。当面はガルドさんに認められる装備を調えるのが目標ですかね」

「もうっ！　宿の前で話してないで中入ろうよっ！」

「あっ、そうだね。トーイチさん、入りましょうか」

「ハハッ、そうだな」


宿へ入り受付を済ませ、夕食の有無を聞かれる。

今日は外で食べる事になったので受付には断りを入れる。

ニーナ、テレスが着替えたいとの事で一旦解散。

一時間後にホールで待ち合わせとなった。

集合して五人で外へ。

カーク達オススメの食堂に入る。

この食堂は安くてうまく、かつボリューミーなので、駆け出し・低ランク冒険者、貧民層に人気(にんき)らしい。

ランチもやっているので昼も夜も客が多く、種類は少ないが酒も取り扱っているとか。

……なるほど、だから店内の半分がヒャッハーしてるのか。

混んではいたが俺達は待たされる事なく席に着けた。

まずはドリンクを注文する。

カーク達四人はソフトドリンク、俺はラガーを頼んだ。

ドリンクが揃ったところでカークが一言。

「今日も一日お疲れ様。乾杯っ！」

「「「かんぱぁーいっ！」」」

「……プハァ」

ラガーがちゃんと冷えててうまい。

常温で不味いという異世界テンプレは何処いった？

……いや、うまいからいいけど。

「お兄さん、ちょっとおじさんっぽいよ」

「ですです」

ニーナとテレスにジトられた。

カークとルークは苦笑いだ。

「いいんだよ、おっさんなんだから」

「お兄さん、十代でしょ」

ニーナにさらにジトられる。

「細かい事は気にするな。それよりここの飯代は俺が全部出すから好きに頼んでいいぞ」

「ホントっ？」

「いいんですかっ？」

ニーナとテレスは食い付いてきたが、カークは不安そうに俺に聞いてくる。

「トーイチさん、大丈夫なんですか？　昨日、ギルドに着くまで一文なしだったのに……」

「ああ、商人ギルドに行って、持ち物売ったら高額で売れたのがあってな。今日は懐が温かいから大丈夫だよ」

半分嘘だが金があるのは本当だからな。

「大丈夫ならいいんですけど……」

「大丈夫だから気にするな」

こうして皆好きに注文し始める。

……うん、ラガーがうまい。

◇

注文を終え料理がどんどん揃っていく。

その中にスイッチのないコンロのような物に鍋が置かれる。

火はどうするのだろうか？　と思っているとテレスが鍋の下に指をかざす。

『着火』

『ボッ』と火が着き、鍋が煮え始める。

おお、今の何？　どうやったん？　と頭の中はエセ関西弁になりつつ、テレスに聞いてみる。

「テレス、今のはどうやったの？」

「……えっ？」

……ん？　何か凄い驚かれた？

「いや、今、火を着けたのどうやったの？」

「えーっと、あの～、その～」

テレスがしどろもどろかつ、アタフタし始めた。カワイイ。

それを見てカークが素早くフォロー。

できる男である。

「トーイチさん、今のは生活魔法の一つで『着火』です」

「生活魔法……そんなのがあるのか……」

「ああ、やっぱり知らなかったんですね……。だってさ、テレス」

「なるほど、知らないのならそんな反応になりますね」

カークがテレスに伝え、ようやく落ち着いたようだ。

「料理も揃ったみたいだし食べようぜ」

「「「トーイチさん、いただきますっ！」」」

粗方（あらかた）食べ終わり、俺はラガーからお茶に変えてまったり中、生活魔法について聞いてみた。

「生活魔法は適性に関係なく使える魔法のため、大陸のほぼ全員が使えると聞きます」

「もちろん僕ら四人共使えます」

「たまに、お兄さんみたいに生活魔法そのものを知らない人とか、稀（まれ）にいる魔力がない人とかがいるみたいですね」

「トーイチさんからは魔力を感じるので、覚えればすぐ使えると思いますよ」

なるほどね、ほぼ全員が使える魔法を、魔力があるのに知らないとか。

そら驚きもするるか。

「じゃあ、宿に戻ったら教えてもらえるか？」

「私が教えますっ！」

「アタシもーっ！」

テレスとニーナがハイハイと手を挙げる。

「二人とも頼むな」

「簡単なのですぐ覚えられると思いますよ」

「そうそう。簡単簡単」

「そうか、よろしくなっ」

「じゃあ、そろそろ出るか」

「「「ごちそうさまでしたぁっ！」」」

俺達は会計を済ませ店を出る。

結構飲み食いしたと思ったんだが、銀貨五枚で済んでしまった。

安っ！

◇◇◇

宿に戻り、一度自分の部屋へ行き、ジャージに着替える。やはり動きやすい。

靴もスニーカーが欲しいなぁと思いつつ、カーク達の部屋に行く。

「「では、生活魔法の講義を始めます」」

テレスとニーナがノリノリである。

それを見てカークとルークは苦笑いである。

「よろしくお願いします」

俺はちゃんと乗ってあげるけどね。

「生活魔法は全部で四種類。『着火』『洗浄(せんじょう)』『乾燥(かんそう)』『灯火』の四つです」

テレスが説明、ニーナが後ろの黒板に書いている。黒板、どっから出てきた？

「それぞれに属性はありますが適性の有無に関係なく使用可能です。私は光属性の適性はありませんが『灯火』……と、このように使用できます」

テレスの指先に光の球体が出た。

「アタシも魔法は使えないけど生活魔法は使えるんだ。『着火』」

『ボッ』

ニーナの指先に小さい火が出る。

「おおっ！」

「もちろんカークとルークも使えます」

「最初に大切なのはイメージです。それに合わせて、指先もしくは掌から少しだけ魔力を放出します」

……んん～っ？

「あぁっと、すまん、魔力がよく分からん」

ステータスに表示されているから、俺の体にも魔力があるのは知っている。

「黒板を見てください。このように魔力は体全体を回っています。一番分かりやすいのはお腹のあたりを何か別の力のようなモノが回っているのを感じられれば、体全体での流れも分かると思います」

ニーナ、絵、上手いな。

じゃなくて……俺は目を瞑り体内に意識を集中させる。

んでもってお腹のあたり……。

「……これか」

ピロン♪

『魔力感知レベル1を取得しました』

「それをほんの少し指先に持っていってください」

「……よし」

ピロン♪

『魔力操作（そうさ）レベル1を取得しました』

「次は指先に小さい火が出るのをイメージして、さっき動かした魔力をちょっと指先から出してください」

……うーん、ライターのイメージでいいかな？

「……『ボッ』……出た」

ピロン♪

『生活魔法を取得しました』

「成功ですね。こんな早く使えるようになるなんて思いませんでした」

「だね〜。お兄さん、凄いっ！」

「いやいや二人の教え方がよかったんだよ。説明も絵も、両方分かりやすかったから。どうもありがとね」

「「どういたしましてっ！」」

「カークとルークも付き合ってくれてありがとな」

「お役に立てて何よりです。ご飯も奢ってもらっちゃいましたし……昨日助けてもらった分はまだまだ……」

「あ〜、そんなん気にしなくていいから。まあ、あれだ。とにかく気にすんな。なっ！じゃ、あんま遅くなるのもアレだし部屋戻るよ。じゃなっ！」

「「「「おやすみなさいっ！」」」」

「おやすみ」

なんか照れくさくなったので、早々に退散した。

部屋に戻って生活魔法の確認をする。

「イメージ……ね」

俺は洗濯機をイメージして自分に向かって『洗浄』を使う。

「おお？　なんかシュワシュワする」

うん、なんかサッパリした。

しかし若干濡れてる感もある。

次に俺はドライヤーをイメージして『乾燥』。

「あ、これ、ちょうどいいわ～」

バッチリ乾いた。

「光のイメージ……ん～……やっぱり蛍光灯かな」

『灯火』……光ったけど部屋の灯りより明るいな。まあ、いいか。

……と一通り確認して俺は眠りに就いた。

明日は何しようかな……。

現在のステータス
名前：村瀬刀一（18）
種族：人間
職業：無職
称号：召喚されし者
レベル：19
HP：3800　MP：1900

力：１９００　敏捷：２２８０
魔力：１５２０　精神：１９００
器用：２６６０　運：80
【スキル】
鑑定ＥＸ　アイテムボックスＥＸ　言語理解
健康ＥＸ　マップＥＸ　ステータス隠蔽・偽装
高速思考レベル６　気配遮断レベル３
【戦闘系スキル】
剣術ＥＸ　短剣術レベル７　体術レベル８
縮地レベル５　投擲レベル７
【魔法系スキル】
空間魔法ＥＸ　魔力感知レベル１　魔力操作レベル１
生活魔法
【生産系スキル】
採取レベル５
【固有スキル】
女神の恩寵

◇　◇　◇

朝食を食べながら、今日はどうするかなぁと考える。

何をするのにも、何処に行くのにも情報が足りない。

いや鑑定ＥＸ先生なら分かるんだろうけど、それでは面白くない。

うーん……急ぐ事でもないしなぁ。

……うん、街を散策しよう。

ゆっくりゆっくりゆっくり街を回ろう。

ちなみにカーク達はとっくに出発している。

食後にコーヒーを飲み、このあと散策して面白いものとかあるといいなぁ……と適当な感じになった。

ジャージから冒険者服に着替える。

あっ、私服、買おう。と、今日は脳内が大分ユルい。

「こんにちは～、ガルドさんいますか～」

カウンターの奥から厳ついおっさんが出てくる。

「なんだ、兄ちゃんか……。昨日の今日で来るとは思ってなかったわ」

「ハハ、持ち物がそこそこ高く売れたので」

「……フン、予算は？」

「逆に残り全部だといくらですか？」

「……胸当て、手甲、脛当て。長剣と盾はどうする？」

「盾はなしで、剣は店内のを見ても？」

「……好きに見ろ。剣以外で金貨一枚だ」

「お願いします」

「……フン」

ガルドさんはそう言って防具を集め始める。

俺は店内に置かれている武器を見て回る。

しばらく武器を見ていると、一つの武器に目が留まる。

刀が置いてあるじゃん。

「……ガルドさん、これって……？」

「……ん、……ああ、カタナって武器だ。昔、勇者の従者の剣士が使ってた武器……」

おおっ、まさか伝説の名刀的な……。

「……のレプリカだ」

レプリカかよっ！

期待しちゃったよ、チキショー！

「……っても、武器としてはそこそこいい出来なんだが、使い手がいねえからずっと売れ残ってるんだよなぁ……」

ああ、片刃で刀身の薄い武器なんて、日本人以外馴染まないよなぁ。

まあ、その剣士は多分日本人だな。

「……どうする兄ちゃん、そのカタナ？　金貨五枚で売りに出してたが、兄ちゃんが買うなら金貨二枚でいい」

「買ったっ！」

俺は即決で防具代と合わせて金貨三枚、カウンターにバンッと即払った。

ガルドさんが若干引いている。

「おお、テンション高ぇな、兄ちゃん」

すみません、刀マニアじゃないんですけど、やっぱり好きなんです。

「ああ、すみません。故郷の武器に似ていたので」

「……そうなのか。……フン、気持ちは分からんでもないな」

「ちょっと抜いてもいいですか？」

「……フン、もう代金はもらった。兄ちゃんの物だ、好きにしろ」

ガルドさんの許可をもらい鞘から引き抜く。『鑑定』。

虎月(こげつ)レプリカ：世界最高の名工が打った刀『虎月』のレプリカ。レプリカにしてはそこそこいい出来。


さっきガルドさんが言ってたよっ⁉

鑑定先生、ボケなの？　俺がツッコまないといけないの？

元になった刀の銘(めい)が分かったからいいけど……。

「ガルドさん、元になった刀の行方(ゆくえ)って分かります？」

「……いや、さすがに知らんな。なんせ百年以上前だからなぁ」

「……なるほど」

俺が刀を鞘に収めると『チンッ』と小気味のいい音が鳴る。

「いい買い物ができました。ありがとうございます」

「……フン、また来い」

俺はホクホクで店を出た。

◇

「金貨一枚で丈夫なフード一着と私服三セット、見繕ってもらえますか?」

ガルドさんの店の次に、服屋に来た。

選ぶのが億劫(おっくう)だったので店員のセンスに任(まか)せる。


「ありがとうございました~」

さすがプロ、無難(ぶなん)に纏(まと)めてくれた。

普段はこれで充分だろう……。宿内はもちろんジャージ装備だけどな。

大通りから一本裏の道に入り、しばらく歩くと面白そうな店を見つけた。

魔道具店だ。


『チリン』

扉を開けると鈴の音が響く。

「こんにちは~。見させてもらっていいですか?」

カウンターに女の人がいたのですぐに挨拶し、店内を見ていいか聞いてみる。

「どうぞ~」

許可を取ったので商品を見始める。

いろいろあるなぁ。

でも魔道具って仕組みがよく分からないんだよなぁ。

今度、調べてみようかなぁ。

と考えながら端から見ていく。

が……。

「……ブフォッ！」

なんでこんなもんが置いてあるんだっ⁉

「どうしました？」

女店員さんに話しかけられる。

俺はまだちょっと噎せている。

「……ゴホッ、なんで……コホッ……もないです」

「あっ、コレ。気になります？」

女店員さんがそれを掴み取る。

「コレ、マッサージ機なんですよぉ。こうやって肩とかに当てると気持ちいいんです」

違います。『ヴィイーーン』と唸ってる卵型のそれは、マッサージ機じゃなくてエッチなジョークグッズです。

「そ……そうですか」

「意外と人気があって品薄なんですけど、今日は残ってたみたいですねぇ」

俺は異世界に来てまで『ソレ』は見たくなかったよっ！

くそっ、こんなん間違いなく転移者か転生者が絡（から）んでるだろっ！

まったくなんてモン作りやがるっ！

「それ作った人、何処にいるとか分かります？」

「ごめんなさい、お父さんが仕入れてくるだけなんで分からないです」

お父さんっ、娘さんにこんなもん売らせないでっ！

「あぁ、いえ。興味本位で聞いてみただけなんで。すみません」

そのあともちょっと見て回ったが、めぼしい物は特になかった。

「冷やかしだけになってしまってすみません」

「いーえぇ。また適当に来てくださいねぇ」

俺は魔道具店をあとにする。

◇

魔道具店を出て、再び散策開始。
……と思ったが、時間は十三時を過ぎ腹が減ってきたので、ランチを求めて大通りへ。
ちなみにこの異世界、日時の概念（がいねん）がちゃんとあり一日二十四時間、一月三十日、一年三百六十日となっている。

地球との違いは週六日が五週で一月なところ。うん、分かりやすい。

……ただし『曜日』という概念はないみたいだ。

大通りを歩いていると見知った顔が。

冒険者ギルドの受付嬢ティリアさんだ。……何か絡まれてる？

「……ティリアちゃんも休憩で今から飯だろ？　一緒に食おうぜ。いい店あるからさ」

「……いいえ。私は一人で食事をとりたいので……」

「そんな事言わずにさぁ、あっ、俺らが奢るからさ。一緒に食おうぜ」

「そうそう、皆で食べた方が絶対うまいって」

「いいえ、ですから私は……」

完全に絡まれてるなぁ。

頭の弱そうなチャラい冒険者三人か……。

俺は路地に入り『転移』、建物の屋根に跳ぶ。

「『投擲・投擲・投擲』」

『投擲』スキルで小石をバカ三人に投げる。

『『『バシッ』』』

軽い音と共に、白眼を剥いてバカ三人は崩れ落ちた。

ティリアさんは「えっ……えっ？」と、何が起きたのか分からずアタフタしている。カワイイ。

近くの店のおじさんが「大丈夫だから行っていいよ」と言い、ティリアさんが「すみません」と頭を下げ離れていく。

おじさんはバカ三人を引き摺って路地に投げ捨てていた。

容赦(ようしゃ)ねえな……。

さて、俺も飯屋を探す続きだ。

ランチを食べて再び散策開始。

やりたい事を考える。

……ダンジョンに行きたい、皇都に行きたい、いろんなところに行きたい。

ダンジョンに行くにも皇都に行くにも野営は必須(ひっす)。

そうすると……キャンプ道具が必要だな。

……道具屋の場所は……そこの屋台のおっちゃんに聞こう。

「おっちゃん、串焼き十本持ち帰りで」

「あいよ、銀貨一枚な」

銀貨を渡して紙袋をもらい腰の袋に入れる。

「おっちゃん、野営道具とか売ってるとこ知らない？」

「おう、ならベルウッド商会がオススメだ。若干高いかもしれんが、品質に間違いがない。あっちの通りの一番デカイ店だ」

「ふーん、行ってみるか。おっちゃん、ありがと。コレ情報料」

そう言って銅貨五枚を渡す。

「おおっ？　悪いな、坊主、もらっとくよ。また来てくれなっ！」

俺はサムズアップして屋台から離れる。

おっちゃんもサムズアップしてた。

どうやらちゃんと通じている、と安心する。

そしてまだ見ぬキャンプ道具に心を躍らせて、ベルウッド商会へ向かって俺は歩いていく……。

「なるほど、こりゃデカイ」

ベルウッド商会に着いて最初の感想。

普通の店舗の六倍近く大きい店舗だ。

それだけに品揃えに期待できる。

「……」

中に入るとその広さと物量に圧倒される。

……されるんだけど……コレ、小さいホームセンターじゃね？

棚と棚の間が通路になっており、棚毎に種類分けされ、さらに大まかに区分けもされている。

大きい物だけ別スペースにあり、ベッド・テーブル・テント等のサンプルがこちらに展示されている。

店舗の入り口にはカート代わりか……台車が重ねられ、その横には竹？　の買い物籠が重ねられている。

レジカウンター（レジはないが）が四つ並び、その後方が出口になっている。

ん～……コレ、完全に日本人の手が入っているだろ？

じゃなければ、こんな店舗の作りにはならないはず。日本にはこの手のホームセンターがよくあるし、海外のホームセンターはまたちょっとタイプが違う。

……まあ、いいか。

接触してきたらしてきたで、対応しよう。

今は買い物優先だな。

うん、逆に考えれば、日本人の絡んだ商品があるなら期待できるんじゃなかろうか？

そう思い、俺は商品を見始めた。

テント・寝袋・薄手の毛布・ヤカン・大小鍋・鉄板・網・皿類・コップ類・飯盒炊飯・木炭・工具類他、調理器具等も合わせて購入。

締めて金貨十五枚、ギルドカードから支払いを済ませる。やべぇ、買いすぎた。

後悔はしない。

……とはいえ手持ちが寂しくなったので、店員に魔物素材の買取はしていないか聞いてみる。

「していますよ」との事なので、そのまま買取カウンターへ案内された。

フォレストウルフ、ライダーウルフ、フォレストベアの毛皮・爪・牙が売れた。

解体済みなので手数料もかからず、状態もいいと高査定にしてくれた。

フォレストベアはギルド経由じゃないと入ってこないらしく、非常に喜ばれた。

都合、金貨三十五枚ゲット。……アレ？　増えた。

……もう少し追加で買うか……。

◇

持ち金が増えてホクホクしていると、店員さんに話しかけられた。

買取の時の人かと思ったら違う女の人だ。

「トーイチ様、少々お時間よろしいでしょうか？」

「……っ⁉」

俺と同じ、黒髪に黒目だとっ？

俺は少し動揺するも悟られないように振る舞う。

「ん～、どのくらいかかりそうですか？」

なんでもないように聞き返す。

……ちょっとわざとらしいか？

「そんなにかかりませんよ。魔物素材についてお話しできればと思ったのですが……」

「会長、応接室のご用意ができました」

男の店員が近付いて言う。……って会長っ？

「ごめんなさい、挨拶がまだでしたね。……リサ・ベルウッドと申します。若輩ですが、当商会の商会長をさせていただいてます。お見知りおきを」

凄く丁寧に挨拶されてしまった。これは逃げられそうにないな。

「トーイチです。冒険者をしてます。無作法にはご容赦ください」

俺は応接室に通され、ソファーに座り込む。

紅茶とクッキーを出されたので遠慮なくいただく。

対面には商会長リサ・ベルウッドさんが座り、その後ろには眼鏡をかけた秘書？　執事？　っぽい初老の男性が控えている。

俺はもう一口紅茶を飲み、カップを置く。一息吸って口を開いた。

「……で、さっきの魔物素材うんぬんは建前でしょう？　俺をここに呼んだ理由はなんです？」

「そんなに警戒しないでください。お話したいのは本当です。まあ、私の祖父についての話ですが……」

「祖父？　俺はあなたの祖父の事はまったく知りませんが……」

話の筋が見えないな……。

「祖父が言ったのです。黒髪黒目の人間が現れたら味方にした方がいいと。あ、すみません。囲い込めとか捕らえろとか、そういう事ではないのでっ」

「……続きを……」

「はい。祖父はもう一つ言っていたのです。我が商会の名前をチョクヤク？　してほしいと。『チョクヤク』が何を意味するか、私には分かりませんが……」

ん～……チョクヤク？　……チョクヤク……直訳？

ベルウッド……ベル……ウッド……。

「……鈴(ベル)……木(ウッド)……？　あっ、鈴木商会かっ！」

……ん？　商会長が目を見開きポカーンとしてる。その表情、ちょっとカワイイな、おい。

「あっ、すみません。いきなり大声で……」

「いえ、すみません。その……スズキ……が出てくるとは思っていなかったので、驚いてしまいました」

「え〜っと、結局俺はどうなるんでしょう？」

「どうする、とかはありません。もうある程度、勘付(かんづ)いていると思いますが……」

「異世界人……さらに日本人……」

商会長が頷く。

「私は祖父の言っている事に確信が持てませんでした。ですが今、確信しました。この世界とは別の世界が存在すると」

「……ホームセンター……この言葉も聞いた事ない？」

「あっ……確かに聞いた事あります。祖父に聞き直しても惚(とぼ)けられてしまいましたが……」

「俺の世界には、この店の五〜六倍以上デカい店もあります。この世界の今の文明では無理でしょう。しかし、日本のホームセンターならではの概念やシステム、ノウハウがこの店には使われていた。お祖父さんでしょ、この店創ったの？」

「その通りです。祖父も参考にした店があるとしか言いませんでしたが……それがホームセンターなんですね」

……あ〜、もう九十九パーセント確定だなぁ。商会長のお祖父さん、日本人だろ。

「それで……あなたは俺に何をさせたい？　何を求める？」

俺の質問に商会長は姿勢を正す。

「祖父に会っていただきたいのです。謝礼は充分にご用意させていただきます」

「……理由は？」

「祖父がこちらに喚ばれてから、何十年も経過しています。その間、同郷の人とは会った事がないそうです。正直、異世界の話は半信半疑だったのですが、あなたがニホンジンなら、祖父に会って故郷の話をしてもらえれば……と思っています。これは商会長としてではなく、孫娘としての願いです。どうかお爺ちゃんに会ってください、お願いします！」

……チッ、そんな真剣な目で頼まれて、頭下げられたら断れねぇじゃねえか……。

「……はぁ……いいよ」

「……えっ？」

「お祖父さんに会ってもいいよ。謝礼もいらない」

「えっ……いや、でも……」

「俺はお孫さんのお願いを聞いただけ。なんかもらえるからって会ったりしたら、それはもう、お願いを聞いたなんてとても言えない、別の何かだ」

……だから謝礼なんていらない。

「あっ……ありがとうございますっ！」

……謝礼なんて感謝の言葉だけで充分だ。

リサさんのお祖父さんは、お父さんと旅に出ていて、帰ってくるまであと一月はかかるらしい。

帰ってきたら連絡をするとの事で、通信用魔道具をもらった。

といっても、俺のもらった魔道具は受信専用、一回使い捨ての安い物らしいが……。

そこそこいい時間が経っていたので、宿に帰る事にした。

◇◇◇

今日もよく寝られた。

朝食をとって私服に着替え、フードを羽織(はお)る。

今日は冒険者ギルドへ向かう。

受付にティリアさんを確認。

空いていたので、ティリアさんに話しかける。

「おはようございます、ティリアさん」

「おはようございます、トーイチさん。今日はどのようなご用件でしょうか？」

おお……、名前、覚えてくれている。

「え〜っと、この国や歴史の事が知りたいのですが、資料とか図書館とか教えていただけないかなと」

「ギルドの資料には閲覧制限があって、お見せできません。国営図書館ならギルドの裏にありますが、皇都の国営図書館なら、さらに蔵書が豊富です」

ほぉ、閲覧制限ね……ちょっと気になるな。

「なるほど。とりあえず図書館に行ってみます。ありがとうございました」

「はい、またいつでも相談に来てくださいね」

ニコリと微笑んでくれた。カワイイ。

俺はそのまま図書館へ足を運ぶ。

図書館に着くと扉の左右に厳つい兵士が立っている。

「おはようございます」

「おはよう。受付は入ってすぐだ。そこで入館料を払ってくれ。あと館内は静かにな」

　優しかった。


　俺は入館し、受付を済ませる。

　司書さんに歴史書の場所を聞き探しに行く。

　すぐに見つかったので、めぼしい物を何冊か取りテーブルへ着く。

　歴史を調べようと思ったのは、昨日のリサさんの話に違和感を感じたからだ。

　お祖父さんが異世界に来てから、日本人ないし地球の人間に会った事がない……っていうのは嘘だと思った。

　これはリサさんが嘘をついたのではなく、お祖父さんが意図的に隠しているのだろうと感じた。

　リサさん本人に悪意は感じなかったし、マップ先生の表示も青。

　となると、お祖父さんに悪意があるかって事になるんだけど、リサさんがあんな感じに真っ直ぐな人に育っているのを見ると、悪意があるとはとても思えない。

「……会ってみないと分からんな……」

　俺は独り言ちて持ってきた歴史書を開く……。

歴史を調べる、といっても俺が調べるのは国・大陸の歴史ではなく、転移・転生した人達がこの世界にどう関わったのかを知るためなので、簡単に流し見ていく。

ピロン♪

『速読レベル1を取得しました』

なんてタイムリーなスキルGET。

俺は次々と読破していく。

取りに行くのが面倒なので、最終的に本棚の前でパラパラと読んでいく。

三時間程で読み終わった。

曰く、

転移者は勇者として召喚され、時代の魔王を倒し平和を取り戻した。

転移者は人族至上主義の教国を打ち倒し、獣人・亜人族を救った。

転移者はその豊富な知識を駆使し、文明を発展させた。

転移者は独裁を許さず、腐った王族・皇族・貴族を打ち倒し政治を発展させた。

転移者はその豊な発想力を発揮し、様々な魔道具を開発した。

転移者は……etc.……etc.

結果、転移者は皆、黒髪黒目で大きな力を持ち活躍しましたよ、って事か。

茶髪とか金髪、カラコンしてる奴とか判別できるのか？

ちょくちょく召喚されてるのは分かったけど、送還された事に関する記述はない。

方法がないのか帰る気がないのかは分からんな。

転生者については記述がまったくなかった。

これは転生者自身が隠しているのか国が隠しているのか分からん。

まあ、生まれ変わったら見た目分からないよなぁ。

ちょっと面白かったのは、魔王国でも召喚され、生活・文明の発展を手伝っている事。

それも嫌々従わせたのではなく普通に協力している事。

記述が嘘かどうかは分からんけど……。

ここの資料だけだと疑問はいろいろ残るけど、これだけ転移者がいると分かっているのに、リサさんのお祖父さんが誰とも会っていないと言うのはやはりおかしい。

どっちにしても会わないと分からんか……。

ちなみに各ギルドも転移者が設立したんだと。

棚に本を戻し、司書さんに一度外出が可能かどうかを聞いてみる。

すると左手の甲に、『ポンッ』とスタンプを押された。

「再入館の時に衛兵と受付に見せてください」との事。

再入館時にはお金はかからないらしい。

野外フェスかイベントかよっ！　と心の中でツッコんでおく。

スタンプは魔道具で二時間程度で消えるんだと。


昼食後、図書館に戻り新たに本を探す。

『ゴブリンでも分かる魔法の使い方（初級編）』


「……」

タイトル的に、これも日本人が作ったんだろうな……『パララッ』と流し見るが、著者名は書いてなかった。

デフォルメ絵なところまで同じなのは許されないが、まあ、中身はマトモだった。

生活魔法しか知らない俺には非常に役に立った。

錬金術も大きな括りでは魔法なのだそうだ。

属性魔法の中で、邪属性は魔族でも一握りの者しか使えないらしい。

使用条件等、不明なため、この教本にも唯一初級魔法が載っていない。

でも俺、全魔法適性のスキル『女神の恩寵』があるんだけど、使えるんじゃね？　……やめとこう、うん。

中級は置いていなかった。

司書さんに聞いてみると、魔法師ギルドのDランク以上か、もしくは帝国魔法師団に入らないと閲覧できないとの事。

ん～、残念。

さらに本を探す。


『身体強化と魔闘技の基礎』

身体強化魔法とは、体全体を魔力で覆う事で基礎能力を底上げする。

魔闘技とは無手での格闘中、攻撃のインパクト時や防御時にそれぞれの部位の魔力を瞬間的に増幅し、威力の増加・ダメージの軽減をする。込めた魔力量に比例する。スムーズに行うためには魔力操作の練習が必要。

……蹴る時に使えるな。

『オークでもできる魔法薬の作り方（錬金術初級）』


シリーズかよっ⁉

筆者の奴、出てこい、コノヤローっ！　蹴っ飛ばしてやるっ！

心の中で荒ぶったが著者名は書いていなかった。チッ。

しかし中身はやはりマトモで、デフォルメ絵は錬金術に合っているのか分かりやすかった。

俺は司書さんに、内容をメモしてもいいのか確認。

構わないとの事だったので、図書館内の売店でノートとペンを購入して戻る。

回復ポーション。

毒消しポーション。

麻痺回復ポーション。

作る時があるかもしれない、とメモしておく。

◇　◇　◇

今日はもういいかな……と思い、棚に本を戻す。

司書さんに声をかけ退館。

宿に向かって歩いていると、大通りの一本裏の道で、看板を出して掃除をしてるボーイさん？　らしき人達を沢山見かける。

この街の歓楽街が、夕方前からオープンに向けて動き出したようだ。

異世界来てからはしてなかったな……金あるし、若返ったし、今日あたり行ってみてもいいかな？　いいよなっ！　よしイこう。


宿に戻らず、大通りのカフェに入店。

コーヒーをゆっくり飲み街行く人達を眺める……フリをして俺の脳内はピンクだった。

酒場が開店してしばらくしたら突入。

一人飲みしているスケベそうな奴を探し、歓楽街の情報を得る。

その後、歓楽街に突撃。

フッ、作戦が完璧すぎる。さすが俺っ！

と一人自画自賛しほくそ笑む。

……が、考えている事はダメダメである。


酒場が開いて約一時間。

そろそろ行こうかな、と四杯目のコーヒーを飲み立ち上がろうかと思うと……。

「あっ、トーイチさん。こんばんは」

「……」

そこには冒険者ギルドの眼鏡美人受付嬢、ティリアさんがいた。


歓楽街はやはりというか冒険者の利用が多く、冒険者ギルドに近い通りに固まっている。

当然大通りも、ギルド関係者が利用する確率は高い。

しかし異世界に来たばかりの俺にはまだ知り合いが少ない……。

知り合いと遭遇するなんて予想できるだろうか？

「こんばんは、ティリアさん」

「カフェで会うなんて奇遇ですね。ここ、私のお気に入りの店なんです」

……落ち着け、俺。

まだ作戦の継続になんの支障もない。

「そうなんですか？　俺は偶々入ったんですがもうコーヒー四杯目なんですよ。なのでそろそ……」

「コーヒー美味しいですよね。私、ここのコーヒーが好きなんです」

「そうなんですね」

「いつも仕事終わりにここのコーヒーを一杯飲んで帰るんです」

……焦るな、俺っ！　作戦は継続。

速やかに脱出するための作戦を構築するんだ。

「そういえば、お目当ての本は見つかりました？」

「あっ、はい。他にもいろいろ見つけて、この店に入るまで六時間くらい図書館にいました」

「そんなにっ？　冒険者でそんなに調べ物する人って、なかなかいないですよ！」

「あぁ、まあ自分の知りたい事ですし、俺はここに来てから日が浅いので……」

「まだ若いのにそんなに勉強できるなんて凄いです」

「……ん？　ティリアさんだって若いでしょ？」

「もう二十二なんですよ。両親には嫁き遅れだなんだって……」

「……ぜんぜん若いじゃないですか。俺のいたとこだと、三十で結婚でも早い方ですよ。四十代での結婚もざらですから」

日本の事を言っても仕様がないけど。

「ふーん……。じゃあ、トーイチさんから見たら私はまだ若くてアリって事？」

「当たり前じゃないですか」

「……ふ、ふーん。そうなんだ（即答するんだ）」

「……？」

……あれ？　何か会話の方向がおかしくなってきたな……。

早くエスケープしなければっ！

◇

話の方向がおかしくなりそうだ。

俺はここで起死回生（きしかいせい）の一手を打つ。

「……じゃあ、俺はそろそろ宿に帰りますね」

「あっ、じゃあ夕食までですよね？　一緒に食べに行きません？」

なん……だと……っ？

あっさり切り返された。

くっ、そんなにパッパッといい返しできるかっ！

「そうですね……行きましょうか」

「やった♪」

……くっ、なんなん、その嬉しそうな顔？　口説いてんの？　俺をコロシに来てんの？

「ティリアさん、オススメの場所とかあったら教えてもらえます？」

「はい、任せてください」

……くっ、カワイイな、チクショウっ！


「ここ、お肉の専門店で美味しいのに、値段が安いんです」

「確かに……美味しそうないい匂いがしますね」

……とゆーワケで、肉料理専門店に連れてこられました。

あっ、カフェのコーヒー代はもちろん俺持ちです。

「さっ、入りましょう」

……と入店。いい匂いと共に『じゅーっ』といい音がした。

うん、たまらん。

「この店は、お肉に合わせたワインも美味しいんですよ」

「じゃあ、赤が多いんですか？」

「そうですね、比較的赤ワインが多いと思います。たまに出る白ワインも美味しいですけどね」

メニューを見て注文を決める。

ウェイトレスさんに注文して料理を待つ。

「トーイチさんが一緒でよかったです」

「……？」

「この店、美味しいんですけど、お肉専門店って女性一人だと入りづらくて……」

「あー、そうですね。確かに男性客が多くて女性一人じゃ入りにくいかもですね」

「だから助かっちゃいました♪」

『テヘッ』って感じで笑いかけられる。カワイイ。

……はっ⁉

いかんいかん、今日は歓楽街に行くと決めたのだ。

何人（なんぴと）たりとも俺を止められんっ！

「いつもは父に付いてきてもらうんですけど、お肉があまり好きじゃなくて、連れ出すのに苦労するんです」

ここでティリアさんからのキラーパス！

しかし俺は、「俺ならいつでも付き合いますよ」とか言わない。

「ハハ、それは大変ですねぇ」

「だから……」

「お待たせしました。ステーキセット二つに、赤ワイン二つです。ご注文は以上でお揃いでしょうか？」

「……はい」

「ごゆっくりどうぞ」

ナイスインターセプト、ウェイトレスさん。

いい飛び出しだった。

「いい焼き加減ですね、食べましょうか」

「……そうですね」

「「ごちそうさまでした」」

食事を終え、ワインを飲みながら一息。

ステーキは肉厚で、噛むと肉汁が豊富でジューシー。

塩コショウだけでもうまかったし、特製ソースに浸けてもうまかった。

うん、満足。

そして俺はこの場面を素早く切り上げる作戦を考える。

まずは……。

「ティリアちゃんじゃーん！　奇遇～っ！」

おい、なんだおま……。

「おっ、ホントだぁ！　この店にいるなんて珍しくね？」

「すみませんが連れと来ていますので、ここ以外の席に着いてもらえます？」

おおぅっ？　ティリアさんの眼が一瞬で冷たくなったぞ？

「あぁ？　連れ～っ？」

俺の方、向くんじゃねぇ！

「なんだ、ガキじゃねえか」

「ほら、ティリアちゃんはこれから俺らと遊ぶから」

「そうそう。ガキはさっさと帰りな～！」

ガキはてめえらだろ、チャラ僧がっ！

「はぁ～。ごめんなさい、トーイチさん。帰りましょうか」

「はぁ～。そうですね」

「ダメだよ～。ティリアちゃんはこれから俺らと遊ぶんだからさぁ～」

「おい、ガキィ。お前だけ帰れよなぁ」

「トーイチさん、さっさと出ましょうか。マスター、ごめんなさい、お代は今度払います」

　ティリアさんは俺の手を掴んで店から出ようとするが……。

「待ちなって、ティリアちゃん」

「痛っ」

　チャラ僧がティリアさんの腕を掴む。

「おら、ガキィ、お前はさっさと離れろっ！」

　俺は肩を掴まれ、ティリアさんと距離を取らされる。

「じゃ、ティリアちゃんは俺らと遊ぶ事になったから！」

「ほら一杯奢ってやっから、これ飲んで帰りな！」

「っ⁉　トーイチさんっ！」

『ジャバジャバジャバ』

　俺は頭からエールを浴びる……。

「……」

「おっ、びびって何も言えねえってか？」

「ギャハハハハッ」

「おいっ……」

「「あっ？」」

「あんま調子乗ってんじゃねぇぞ……小僧っ」

俺は『縮地』で間合いを詰め、腹に膝を叩き込んだ。

『ズドンッ』

「はっ？」

「あっ……が……」

『ドサリ』

「えっ……えっ？」

ティリアさんは驚いている。

俺は続けて……。

「おい……テメエもさっさとティリアさんの手を離せ、小僧っ！」

「な……なんだよ、お前？　お……俺らはCランク冒険者だぞっ！」

「あぁっ？　だからどうした……？」

「……っ⁉」

「今ぁっ！　テメエのぉっ！　ランクがぁっ！　何か関係あんのかぁっ⁉　ぁあっ⁉」

「……うっ……うるせぇっ、ガキがぁっ！」

そしてチャラ僧は、ティリアさんの手を離し襲いかかってきた。

「『転移』」

「ッ⁉　……消えたっ……」

「『縮地』」

「おらぁっ！」

『ガスッ‼』

『転移』で背後に回り『縮地』で接近。後頭部を足裏で蹴り込んだ。

「あがっ……」

『バタンッ』

「調子乗ってるからだ、チャラ僧がっ」

俺はティリアさんに駆け寄る。

「ティリアさん、ティリアさん、大丈夫ですか？」

「えっ？　……トーイチさん？　……えっ？」

ティリアさんは混乱しているようだ。

さて、どうしよう……。

歓楽街は今日は無理そうだ……。

◇　◇　◇

「すみません、マスター。迷惑料と食事代、これで足りますか？」

俺は気絶中のチャラ僧二人から財布を取り、中身を全部渡した。

「あっ……ああ。特に壊れた物もないし充分だよ……」

マスターも周りの客も何故か苦笑いだ。

『鬼だ』とか『鬼畜か』とか聞こえるけど、気にしない。

……言った奴はあとで体育館裏な……。

「あぁ、こいつらの飲み食いした分は別で」

「あっ……うん。分かった……」

マスターはドン引き、周りは『魔王かっ』とか言ってるけど聞こえない。

うん、聞こえないったら聞こえない。

「ティリアさん、お店出ますよ」

と手を取り引っ張っていく。

ティリアさんはまだ呆然としているが、歩いてはくれた……。


個室のあるバーを見つけたので入店。

対面にはティリアさん。

只今、絶賛Ｏ・ＨＡ・ＮＡ・ＳＨＩ中である……。

「……」

「彼らはあんなだけど、一応Cランク冒険者なんですよ。なんで数日前に登録したばかりの、Fランク冒険者のトーイチさんが勝てるんです？」

「えっ……と……俺の方が強かったから？」

「もうっ！　そういう事じゃなくてっ！」

「えぇ～……」

ならなんて答えれば？　とか言ったら怒られそうだなぁ。

やだなぁ、怖いなぁ、とか思っていると……。

「トーイチさん……真面目に答える気、あります？」

と、ジトられた。……カワイイ。

「……トーイチサン？」

「ハイッ!?」

怖い……怖いよっ……あと怖い……。

「まあ、いいです。……いえ、よくないですけど……」

……どっちですか。

「それで、あの口調はなんだったんですか？　ただ怒っただけならあんな口調に……いえ、年上の冒険者に小僧なんて、『普通』言いませんよね？」

鋭いとこ突っ込んでくるなぁ。

面倒くさいなあ……。

「……それは、絶対に答えないといけない事ですか？」

「……」

さて、ティリアさんはどう出るかな？

「……」

長い沈黙が続く。

ティリアさんは何か喋ろうと、口を開けたり噤んだりしている。

目は困惑の色を宿し、左右に泳ぎまくっている。

頭の中でぐるぐる考えているのだろう……。

「……」

少し助け船を出すか……。

「ティリアさんはギルド職員として聞きたいんですか？　それとも、ティリアさん個人として聞きたいんですか？」

「わ……私は、私個人として聞きたいです」

目に力が戻りそう答えた。

……でもまだだ。

「……個人で、と言うなら答えてもいいです。ただし、情報が漏れた場合……俺は二度とこの街のギルドには近付かないし帝国を出るかもしれない。それでも聞きたいですか？」

「……はい」

即答された。

目に力は宿ったままだ。

……仕様がないなぁ……。

「……はぁ。仕様がないですね。これからの事は絶対に秘密ですよ」

「っ！　……はい♪」

ティリアさんに笑顔が戻った。……カワイイ。

◇　◇　◇

「ステータスオープン」

俺は偽装していないステータスをティリアさんに見せる。

「……えっ、ええええええっ⁉」

うん、固まったな。これはもう説明するしかない。

「……という理由で、俺は中身四十二歳のおっさんなんですよ」

「まさか、勇者様だったなんて……」

「あの、話聞いてました？」

俺は女神様に会った事、リサさんとお祖父さんの事を除き、ここ数日の出来事を話した。

話したんだけど……。

「……はっ。はい、勇者様の秘密は絶対に守ります。お任せください」

「いや、勇者じゃないんですけど……あと声が大きいです……」

「……あっ、ごめんなさい」

シュンとしたティリアさんもカワイイなー……じゃなくて……。

「とにかく俺は勇者じゃありません。神様から使命とか受けてないし、称号もないでしょう？」

「……確かに『勇者』の文字はないですね」

「あとステータス上、十八歳になってますけど、中身は四十二歳ですからっ！」

「それはないですっ！」

即答かよっ！

まあ、若返りについては証拠(しょうこ)が何もないから仕方ない……。

「……はぁ、もうそれはいいか……。とにかく俺は面倒事が嫌なワケです。なので秘密を知ったティリアさんの態度や言動が変わると困るんですが」

「あっ、まあ、そう……ですね」

「はい、いつも通りにお願いします」

「……で、トーイチさんはこれからどうするんですか？」

「そうですね、約一月後にこの街で人と会う予定です。それまではダンジョンに行こうかと。人と会ったあとは皇都に向かおうかなと思ってます。まあ、まだ大雑把な予定ですけどね」

「分かりました。では私は、最大限バックアップをすると言うこ……」

「いや、普通にしててください」

「……はい」

「とりあえず、二、三日はダンジョンに入る準備をする予定です。情報集めにギルドにも行くと思うので、その時はお願いします。……ギルドのルールの範囲で……」

「分かりました。ではお待ちしてますね」

「はい。……じゃあそろそろ帰りましょうか」

歓楽街に行く予定だったのに、最終的に秘密を話し、今後の予定を話し、と真面目な感じになってしまった。

なんでや……。

さすがにこのあと遊ぶ気分にはならず、夜空に浮かぶ月にリベンジを誓い、俺は真っ直ぐ宿に戻った。

あっ、月は二つありました。テンプレだな。

翌日、日の出に合わせ起床。

時刻は五時過ぎ、俺はそぉっと動き出す。

着替えを済ませ、そぉっと『転移』。

冒険者ギルドの側に『転移』し、俺は歩き始める。

昨日、寝る前に考えたのだ。

そして思い出す……そうだ。モーニングがあるじゃんっ！　……と。

俺は意気揚々（いきようよう）と裏通りへ。

落ち着け、俺っ！　ニヤニヤを顔に出すなよっ！　とニヨニヨしながら歩き出す……。

モーニング、やってませんでした……。

くっ、やはり情報収集すればよかった。

張り切って早起きしちゃったよっ！　戦ってもいないのに敗北感が凄いっ！

俺は肩をガックリと落とし宿の部屋へ『転移』する……。

……寝るか。


昼過ぎにふて寝から起き、宿で昼食を済ませる。

二時頃に冒険者ギルドへ行き、ティリアさんのところへ。

「こんにちは」

「あっ、トーイチさん。こんにちは。ちょうどよかったです」

「……ん？」

「ダンジョンの件なんですけど……」

「何かありました？」

「初心者向けのダンジョンなんですが、一応入場制限がありまして、Eランクから入場許可を出しているんです」

「それに伴って情報開示もEランクから、ってとこですか？」

「はい……」

「……ふむ。ティリアさん、俺のランクアップって、あとどれくらいですか?」

「……ちょっと待ってください。えっと……あと五回依頼達成でランクアップですね」

「じゃあゴブリン十五匹で達成ですよね? あります」

「……えっ?」

「依頼五回分あります」

「……あっ、分かりました。では買取カウンターへお願いします」

買取カウンターへ移動し、ギルドカードと討伐証明、魔石を出す。

ティリアさんが受け取り処理を進める。

「お待たせしました。報酬とギルドカードです。これでトーイチさんはEランクになりました。おめでとうございます」

ティリアさんの笑顔と一緒にカードを受け取る。

……うん、Eランクになってる。

「じゃあティリアさん」

「はい、こちらダンジョンの資料です」

「……ありがとうございます」

さすがティリアさん。

昨日はポンコツ臭がしたけど、できる眼鏡美人お姉さんキャラに戻ってくれた。

「何か変な事考えてませんか？」

「いえ、何も……」

……何故ばれたしっ⁉

「……まあ、いいです。貸し出しはできませんので、ギルド内で見て返却をお願いします」

「分かりました。お借りします」


ルセリア帝国ベルセの街の東に存在する初心者向けダンジョン、通称ベルセダンジョン。

全十五層からなる洞窟型ダンジョンである。

踏破推奨（とうはすいしょう）は、Ｄランクを含む一パーティー（一パーティー六人）。
五、十層に階層ボス。十五層のダンジョンボスは、討伐時のレアドロップが貴重（きちょう）なため、このダンジョンが周回される理由になっている。
各ボス部屋には転送装置があり、討伐した時のみ出現。使用するか、ボス部屋から出ると消える。

主な魔物はゴブリン種、オーク種、オーガ種。


「……ふぅ」

資料を読み終えて一息つく。

こんなもんかな。……レアドロップって何が出るのか楽しみだ。

資料を返しにカウンターへ。

「あっ、ティリアさん。資料、返却します。ありがとうございました」

「はい、返却承りました」

「このあとは図書館に行って、別のダンジョンの資料も見てみます。それじゃ！」

……と、サクサク終わらせる。

フッ、夕食フラグなど立たせはせん。立たせはせんぞぉっ！

……念のため、ティリアさんは『マップ』で位置が確認できるようにしておく。ついでにリサさんもだな。

完璧だ。ニヤリ。

しかし図書館にはちゃんと行く。

衛兵さんと受付の人に挨拶。

司書さんにも挨拶。昨日と同じ人だった。

司書さんにダンジョン関係の本・資料の場所を聞き、探す。

見つけたのは……。

『ダンジョン基礎学』

「……」

んん〜〜、微妙っ！

まあいいか、と読み進める。

ダンジョンの種類

洞窟型：オーソドックス。難易度低

迷宮型：難易度が高い場合が多い

森林型：木型・虫型魔物が多い。難易度中

平原型：大型魔物が多い。難易度中

砂漠型：難易度が高い場合が多い

他、超高難度

海中型・火山型・氷窟型・遺跡型

魔物は倒すと魔石を落とし死骸は残らない。稀にアイテムをドロップする。

ボス・罠・宝箱・魔物はそれぞれ一定周期でリポップする。

各階層には安全地帯が存在する。罠もなく魔物も入ってくる事ができない。

ダンジョン内の魔物の間引きを放置するとスタンピードが起こる場合がある。普段と違

う何かを感じたら速やかに冒険者ギルドか国へ報告する事。

「……」

ラノベで同じような説明を見た事があるような気がするが……まあいいか。

俺は本を棚に戻し、図書館をあとにする。

時刻は十六時過ぎ。フッ……俺は同じ轍は踏まんよ！

真っ直ぐ宿に戻り、適切な時間まで目を瞑り待つ……。

『カァッ!!』と目を見開き独り言ちる。

「時は来たっ!!」

時刻は午前零時。俺はニッコニコで、歓楽街から宿に帰ってくる。

「何かいい事でも？」と宿屋のオヤジに尋ねられた。

俺は笑って、口の前に人差し指を持ってくる。

朝、パチッと目を覚ます。

うん、いい朝だ。

ベッドから下りて鎧戸(よろいど)を開ける。

「……」

『ザアアアァ……』

……大雨だった。

うん、浮かれすぎて雨音が聞こえてなかった。仕方ない。

しかし今日の俺の心は快晴だから、ぜんぜん気にしない。

気にしないったら気にしない。

時刻は八時過ぎ、朝飯食うか。

着替えて一階の食堂に行く。

カーク達が食べているところにお邪魔(じゃま)する。

「みんな、おはよう」

「「「おはようございます」」」

「アレ？　お兄さん、なんか機嫌いい？」

ニーナが聞いてくる。

「そうだな～、うん。機嫌いいな」

「そっか～！」

ニーナは無邪気だなぁ～、とホワホワする。

「俺はゆっくりするけどカーク達はどうするんだ？」

「そうですねぇ。これだけ雨が降っていると、ギルドでの依頼もできないので、僕らも今日は自由時間ですね」

なるほど、カーク達もお休みらしい。

「じゃあ今日は皆でゆっくりだな……」


俺は宿屋の受付で借りた本を部屋で読む。

お姫様が龍に拐われ、勇者が助け出す王道の物語だ。

気になったのは、知っているゲームの固有名詞が出てくる事。

うん、間違いなく国民的王道ＲＰＧがモデルだろう……。

……俺はそっと本を閉じる。

一階に下りて本を返す。

食堂に人が集まってテーブルを囲んでいる。

覗いてみると、カークとルークがリバーシを打っていた。

……異世界でもリバーシというのかな？

「あ、お兄さん。アタシとリバーシやろ？」

どうやらリバーシらしい……。

「ああ、やろうか」

「何、賭ける？」

「じゃあ、ドリンク一杯」

「オーケー！」


……圧勝した。

ニーナはちょっと涙目だ。

「悪いな、ニーナ。コーヒー一杯奢ってくれ」

「う〜〜、次やる時は負けないからね」

「ハハ」

このあとお昼は皆で食べた。

うん、こんなゆっくりする日が一番だな。

昼食後、一度部屋へ戻る。

昼寝だ。

こんなゆっくりしている日に昼寝をしないなんて、逆に失礼だと思う。

誰にだって？

知らんっ！

……と脳内でくだらない事をしているうちに、俺は意識を手放した……。


一時間程で目を覚まし、また一階へ下りていく。

食堂を見てみると、やはり人が集まっていた。

何をしているんだろう？　まだリバーシか？　と覗き込むと、今度は将棋（しょうぎ）を指していた。

「お兄さん、今度は私とショウギをしませんか？」

テレスが言ってくる。

……そうだな……将棋なんて久しぶりだし……。

「ああ、いいよ、指そうか」

「はい、お願いします」

そしてテレスとは賭けなしで楽しんだ。

もちろん勝った。

そのあと一通り皆と指して俺は全勝。

さすがに負けられん……。

そしてビリは意外にもカークだった。

「カークは頭いいのにゲーム下手よね」

四位のニーナが言うな、と思ったが言わない。

ちなみに三位テレス、二位ルークだった。


カーク達四人は今日依頼を受けられなかった分、明日頑張る、との事で、早めに夕食を済ませ部屋に戻っていった……。

カーク達が戻ったあと、俺はエントランスホールから顔を外に出す。

「……」

雨、やんだな……。

俺は宿の受付に「雨上がったんで、ちょっと散歩してきます」と伝え、外に出る。

雨上がりの街をゆっくり散歩する。

何も考えずにただゆっくりゆっくりと歩く……。

一時間程散歩して宿に戻り、コーヒーを一杯もらい一息。

「……ふぅ」

コーヒーを飲み干し、宿屋のおっちゃんに挨拶して部屋に戻る。

両手で『パンツ』と頬を軽く張り、気合いを少しだけ入れる。
よし、長い賢者タイムは終わりだ。
明日、準備を終わらせて、明後日は図書館で調べたベルセダンジョンに向けて出発だ。

今日はちょっと気合いを入れて、ダンジョンに入るための準備を終わらせる。
昨日、まったりしすぎたからな。
原因は分かってる。
一昨日、歓楽街ではしゃぎすぎて、賢者タイムに丸一日入っていたからだ。
反省はしない。後悔もしない。
歓楽街のお姉さん、どうもありがとうございました。
最高でした。また寄らせてもらいます。
「……」
おっと気合いが抜けるところだった。
しっかり準備しなくては……。
あと必要な物……食料と……回復薬……かな？

……んじゃリサさんの店行くか。


ベルウッド商会に着き、必要な物を買い集める。

支払いを済ませ、リサさんがいるか店員さんに聞く。

すると、外出していて三日程戻らないそうなので、自分がベルセダンジョンへ向かうのでしばらく街にいないが、遅くても三週間以内には戻る旨の伝言をお願いした。


次はガルドさんの武器屋だ。

「ガルドさん、いますか～？」

「……なんだ、兄ちゃんか……」

「あっ、おはようございます」

挨拶をしてダンジョンに行く旨を話す。

「ベルセダンジョンか……装備的にはギリギリ大丈夫だと思う……まあ、アレだ……ちゃんと生きて帰ってこい」

「はいっ！」


次に、冒険者ギルドへ行き受付へ。

ティリアさんが受付にいなかったので聞いてみる。

休憩中らしい……待ってるか。

酒場でコーヒーを頼み一服。

「トーイチさん、こんにちは」

少し待っていたらティリアさんが来た。

「ティリアさん、こんにちは」

「今日は、どうしたんですか？　私の事、待ってるって聞いたんですけど？」

「明日、ダンジョンに出発するので挨拶を、と思いまして……」

「あっ、この前に言ってましたね」

「はい。一応、三週間ぐらいで戻る予定です。今日は早めに休もうと思ったので、少し早めに来させてもらいました」

「トーイチさんなら多分大丈夫でしょうけど、気を付けてくださいね」

「はい、じゃあ行ってきます」

「行ってらっしゃい」

お互い片手を挙げてから離れる。

カーク達は、夜に宿で挨拶すればいいから……あとはいないかな。

翌朝、宿のおっちゃんに、戻ったらまた泊まりに来ると伝え、朝食を食べていると、カーク達がやって来た。

そういえば昨日、ダンジョンに行く話とあわせてEランクに上がった事を話したら、かなり驚かれたな……。

話してなかったっけ？

一緒に朝食を済ませて宿を出る。

「なんだ、見送ってくれるのか」

「「「行ってらっしゃいっ！」」」

……何やら照れくさいが、嬉しいもんだな……。

「ああ、行ってきますっ！」

俺は街の門を抜け、街道を歩き始める。

さて……ダンジョンに向かおうかっ！

ベルセの街を出て一人歩く。
ダンジョンまでは徒歩(とほ)で二日の道程(みちのり)。

街からダンジョンのちょうど中間あたりに、大きめの野営地があるらしい……。
休憩できる場所もちょいちょいあるみたいだ。
道具も食料も沢山買ったので、初の野営にワクワクしながら歩く。
完全にキャンプ気分だが、俺には奥の手があるのでキャンプ気分で問題ない。
困ったのはトイレ。
林か森、人より背の高い草でも繁っていればいいのだが、周りが平原の時は困った。
バレてもいいから『転移』を使おうかと思うくらいギリギリだった。
ふぅ、ヤレヤレだぜ……。
道中、たまに魔物が襲ってくる。
指定収納可能な距離まで近付いてきたら、その辺の石を拾い、『投擲・収納』する。
襲ってきた魔物の中で初遭遇(そうぐう)だったのは、ホーンラビットさん。
角の生えた兎(うさぎ)とか、テンプレと言えばテンプレ。
比較的小さくてモフモフしてて可愛いかった。
鑑定先生によると肉がうまいらしい。
即、石を持って、『投擲・収納・解体』。
ふっ、つらい戦いだった……。

お昼頃、街道に少し広くなっているところがあり、商人や冒険者が何組か休憩をしていた。

俺も昼飯にするか……。

俺は商人・冒険者から少し離れた場所を陣取り、バーベキューコンロと折り畳み（たた）テーブル、その他調理器具を、新しく買った大きめのリュックから取り出す。

もちろんリュックは、『アイテムボックス』をどこにでもあるアイテムバッグに見せるための物だ。

……ややこしいな。

そういえば、こっちに来てから料理するのは初めてだなぁ、と思いながら下拵え（したごしら）をしていく。

コンロの炭に『着火』で火を着け、しばらく置いて、ホーンラビットの肉を一口大に切り分け串に刺して、塩胡椒（しおこしょう）を振り置いていく。

火がいい感じになったので、コンロに網を置き焼いていく。

火力が弱めの場所に、スープの入った鍋を取り出し置いた。

串を裏返し、炊（た）きたてご飯を取り出し、皿によそう。

スープが温まったら、一皿よそい網から外す。

串の焼き加減を見て取り上げる。

肉を串から抜きご飯の上に載せ、屋台のおっちゃんに売ってもらった特製ダレをかけて完成。

……串に刺さなくてもよかったな。

……気分だよ、気分。

ピロン♪

『料理レベル1を取得しました』

特製ダレがご飯と肉の熱で温まり、いい匂いが漂う。

うまそうだ。よし食うか。

まず一口。……うん、うまい！

肉は鶏肉に味が近いが凄くジューシー。

油もしつこくない程度にいい感じだ。

何よりおっちゃんの特製ダレがうまい。米との相性抜群。

売ってくれてありがとう、おっちゃん。

俺はガツガツ掻き込み食べ進める。

スープを飲んで一息。

「……はぁ……うまかった。ごちそうさま」

ふぅ、と寛ごうかと思ったら、何やら視線が……？

見てる……ガッツリこっち見てるよ。

商人一行や冒険者達がこっちを見ていた。

俺は……何、見てんだゴラァッ！　っと、心の中でだけ荒ぶっておく。

まあ、いいや、とコンロの火を消してから、中身がコーヒーの水筒(すいとう)を取り出しカップに注ぐ。

湯気を出したコーヒーの匂いをかぐ。そして一口。

「……ふぅ」

タバコ吸いたいな……。


さて、絡まれるフラグをわざわざ立てる必要もないし、さっさと出発するか。

少し冷めたコーヒーを一気に飲み干し、荷物を指定して瞬間収納。

そしてダッシュ！

「「「あっ!!」」」

後ろで何か言ってるっぽいが知った事ではない。

しばらくダッシュしながらマップで追ってきていないのを確認。

ふぅ……ヤレヤレだぜ。

その後はダンジョン方面から来る人達とすれ違ったり、たまに出る魔物を狩ったりしつつ、夕方前には野営地に到着した。


野営地は、四十坪くらいの広さを木の柵で囲っているだけだが、中央付近に井戸がある。

すでに設営を終わらせているところもあれば、設営中のところも何組かいる。

俺は目立たない隅の方が空いていないか探すが、すぐに見つけ設営開始。

テントをリュックから取り出し立てる。

立て終わったら折り畳みテーブル、折り畳みイスを取り出す。

テーブルの横にバーベキューコンロを取り出して、一先ずかたちになったかな……。

設営が終わったあたりで、暗くなってきたので『灯火』。灯りを確保する。

今回は電球色をイメージ。

他の野営組もそんな感じだな……。

イスに座りコーヒーを一杯。

「……ふぅ」

コーヒーを飲み干した頃に、周りの野営組が夕食の準備を始めているのを横目に確認。

俺も飯にするか、とイスから立ち上がり動き始める。

バーベキューコンロに火を入れ食材、調理器具、スープの入った鍋を取り出す。

俺はバケツを取り出し、井戸に水を汲みに行き、野営組の様子を見る。

商人の一団は簡易的(かんいてき)に料理してるっぽい。

冒険者のところは温かいものはスープぐらい……か。

「……ふむ」

野営ではしっかり料理するのは珍しいのか？　それなら昼間見られていた事にも納得……かな？

そう思いながら水を汲む。

「……」

何気(なにげ)に井戸には手押しポンプが設置されていた。

誰かの知識チートかな？

水を汲み終わりバケツを持ったところで、冒険者と商人に話しかけられる。

「やあ、ちょっと話していいかな？」

「夜間の見張りについてなんだけど……相談いいかな？」

「あー……すみません、火を入れてしまったので、食事後でもいいですか？」

「ああ、構わない。いいですよね？」

「そうですね、急に話しかけたのはこちらですし」

……どうやらまともな人達みたいだ。

「すみません。では後程、お伺(うかが)いします」

「ああ、よろしく頼む」

「こちらこそすみません。では後程」

さて、どうなるかな……？

「……」

とりあえず飯作るか。

食事を終え、さっきの冒険者と商人の一団を探す。

「ああ、こっちだ」

さっきの冒険者が俺を見つけて、手招(てまね)きしながら呼んでくれる。

「すみません、見つけてくれて助かりました」

「いや、こちらが呼んでいるんだ。構わないよ」

爽(さわ)やかな感じで言われる。態度イケメンかよっ！　と心の中でツッコミつつ、嫌な気分ではないので一団の輪(わ)に加わる。

「まだちょっと待ってくれ。全員集まっていないんだ、すまないね」

どうやら商人、冒険者の代表で集まって、話し合いをするようだ。

少しして冒険者が二人、別々の方向からやってくる。

「すまない、待たせた」

「悪い、遅れた」

「全員揃ったし始めようか」

話し合いが始まった。

バカな事を言い出す奴がいるかなぁ、と思ったがそんな事もなく、スムーズに話し合いは進む。

「じゃあ、君はソロだから、最初に見張りをお願いするけどいいかな？」

態度イケメン冒険者が尋ねてくる。

「はい、構いません」

「ありがとう、もう一人は僕だからよろしく頼むよ」

「こちらこそ、よろしくお願いします」

見張りを始めて、中身イケメン冒険者から話をいろいろ聞いた。

以下、彼が語った主な内容である。

「そうか、野営も初めてだったのか」

「まあ夜の見張りは本当に警戒するだけだよ」

「盗賊はこのあたりでは出ない、と言うより帝国は少ない方かな」

「このあたりの魔物はあまり強くないからね。だから護衛依頼は楽な方だよ」

「たまにいるね、そう言う上からな感じの人」


以上。

二人になっても態度を変えず、やっぱりいい奴って感じだった。

一度ゴブリンが数匹近付いてきたが、『マップ』と小石の『投擲』コンボで瞬殺しておいた。

「凄いな……。君は」

「索敵は得意なんですよ……」

やはり夜間は暗くて見渡す事ができないので、見張りは神経を使って大変らしい。

敵は魔物よりも暗闇だよ、と言う。

確かに『灯火』を使っても十メートル先は見えないからな……。

俺はマップ先生のおかげであまり関係ないからよかった。

まあ見えてはいないけど……。

「そろそろ交代だな。僕が呼ぶから君はもう休んでくれ。お疲れ様」

最後までイケメンだな。

「ありがとうございます、お疲れ様でした」

こうして初めての見張りは終わった。

俺はテントに戻り寝袋に入る。

さあ寝ようか……の前に『結界』。

図書館での調べ物の時に見た初級魔法書の中に、空間魔法に属する簡易結界魔法を見つけた。

『空間魔法EX』の俺は簡単に使えるわけだ。

調べてみると……。

強度、範囲、効果時間はレベル及び注いだ魔力量に比例。効果内容はイメージに依る、との事だった。汎用性高いな。

そんなわけで俺は、

強度：俺より弱い奴を通さない
範囲：野営地の柵に沿って（入り口含む）
効果時間：日の出まで
効果内容：四方を囲む・現在結界内にいる人間の出入り可

この条件で結界を張ってみた。

これで安心して休める……と、意識を手放した。


翌朝、起きてテントの外に出ると、俺以外は皆、動き始めていた。

中にはすでに出発して、いないグループもいる。

皆、早いねと思いながら、一緒に見張りをした冒険者へ近付く。

「おはようございます。昨日はありがとうございました」

「おはよう。こちらこそ。昨日は君のおかげで動かないで済んだから楽だったよ、ありがとう」

挨拶をしたところであちらはもう出発との事で見送った。

さて、俺も片付けてダンジョンに向かうか！　と両手で頬を軽く叩き、気合いを入れた。

野営地を出発してから半日。
道中は変わらずたまに出る魔物を狩る。
ホーンラビットだけ、索敵範囲に入ったら分かるようにマップを設定し、喜んで狩る。

休憩に入り昼食を取る。

昨日の昼時を思い出し、匂いが漏れないだけの『結界』を自分の周囲に張る。

食事は昨夜余分に作った物を出し料理はしない。

もっとも取り出した物はホカホカしているが……。


さらに半日歩き、ダンジョン前の宿場街に到着。

街には、必要な物は一通り揃ってはいるが、逆に一通りしか揃ってない。……そんな感じだ。

夕食は街で済ませた。

味は普通、値段はベルセの街より倍近く高い。

まあ場所が場所だし、材料の輸送費とかも考えれば仕方ないのかもしれないな……。

絡まれないように、宿屋は取らず街の外に陣取る。

俺以外出入り不可の『結界』を、テントの周囲に張れば街より安全、安心だ。

『結界』、万能すぎる。


翌朝……とゆーか昼だった。

安心しすぎて寝すぎた。

仕方ないので今日は街を見て回ろう。

武器屋に入ってみる。

道具屋も兼ねているみたいだ。

冷やかしと思われるのもアレなので、ポーションを二本購入。

値段は普通だった。

冒険者ギルドの出張所があったので入ってみる。

掲示板を確認。

十四層の、オーガのレア種討伐依頼が一件だけあった。

出張所は、魔石とドロップ品の買取がメインで、討伐依頼はレア種が出た時ぐらいらしい。

ダンジョンだと死骸が消えるから、討伐したかどうか分からないんじゃ？　と聞いたら、レア種の魔石は通常種の魔石と明らかに違うので、大丈夫との事。

また通常種の魔石は、魔物ごとに同じ形をしていて違いはないんだと。

ただしダンジョンに限るらしい。

……なるほど。

寝坊したから来てみたけど、いい情報をもらえたな。

兵士の詰所があった。

兵士さんが二人いたので、なんのためにあるのか聞いてみたら、快く教えてくれた。

「基本的には、スタンピードが起こった際の壁役と、ベルセの街への連絡役として詰めている。あとは犯罪者の取り締まり・ケンカの仲裁とかだな」

「そうだな。まあここにいる人間の九割が冒険者だから、ケンカの仲裁がメインの仕事になってしまっているのが現実だな」

「それはそれで面倒そうですね……」

「「ああ、確かに面倒だ」」

兵士二人も俺も苦笑いだ。

「答えてくれてありがとうございました」

「おう、お前もダンジョンに入るんだろ？　死ぬなよ」

「死なない程度に頑張れよな」

「お二人も仕事頑張ってください。じゃ！」

そう挨拶して詰所を離れた。

気が付くと、結構時間が経っていてもう夕方だ。

食堂兼酒場を遠目に見てみる。

ヒャッハーな方々が多い……。

ん〜〜〜、ダンジョンに入った人の、生(なま)の声を聞きたかったけど……酒場は面倒そうだし絡まれそうだ。

……よし、パスだパス。

今日は早く寝て、明日の朝に備(そな)えよう。

俺は昨日と同じ場所に設営して『結界』を起動。

今日はここで飯を食べるから、念のために匂い対策もする。

食後はコーヒーを飲んで、テントに入ってゴロゴロしていた。

昼間の寝すぎもなんのその。

俺はあっさり意識を手放していた。

◇

今日はちゃんと起きられた。

ジャージから着替え装備を調え、ホルスターの左腰部に刀を、後ろ腰部に短剣を差す。

……フッ、キマッてるな……。

……と、十四歳の頃の俺の心が顔を出すが、それを蹴っ飛ばしつつ、荷物を『アイテムボックス』へ収納。

『結界』を解除しダンジョン入り口に向かう。

入り口前には守衛さんがいて、ギルドカードのランクを確認しているのだろう、冒険者達が並んでいる。

俺は最後尾に並び受付を待つ。

もう少し早く来ればよかったかな？　と思っていると、後ろからギャアギャア騒がしい連中がやってきた。

……フラグかな？

「おー、結構並んじまってんな！」

「だから言ったじゃない！」

「お前らが準備に時間かけるからよぉ」

「あんたらが起きなかったんでしょっ！」

案の定、俺の後ろに並んでくる。うるせぇ……。

「今日は何層まで行く～っ？」

「あっ？　そんなん行けるとこまで行くに決まってんじゃんっ！」

何処まで行くんだよっ！

「五層のボス倒してから言えっ！」

「さーせんっ！」

倒してないのかよっ！

「ねぇ～、並ぶの面倒(めんど)い～」

「あっ？　毎回の事だろ～っ？　我慢しろ～」

「え～っ！」

面倒そうなの連れてんな……。

しかしうるせぇ。

「そういえば昨日、酒場でさ～……」

「あっ、それそれ～……」

「そんでよ～……」

「それある～……」


無事、守衛さんのところに着きました……。

俺はギルドカードを提示して、問題なくダンジョンに入った……。

「……」

……なんだよっ！　絡まれるフラグが立ったと思ったら、うるさかっただけだよっ！

まあ絡まれたら絡まれたで、面倒だからいいんだけど……。

ちょっと身構えてた自分が恥ずかしい……。

俺は早歩きで入り口から遠ざかる。

ベルセダンジョンは洞窟型で、何故か『灯火』を使わなくても視界が取れるくらいは明るい。

マップはダンジョンに入った瞬間切り替わり、脳内に表示される。

一層はそんなに広くはないが、別れ道もあるし小部屋もある。

冒険者達はほとんどが二層に向かっているようだ。

俺は赤表示がいる小部屋に向かう。

「グギャ」

ゴブリンさんが現れた。

俺はさっきの羞恥心を込めて八つ当たり全力『投擲』！

近くにあった小石を投げる。

『ドッッッゴーーーーーンッ……』

「……」

ゴブリンさんは魔石ごと一片も残らず、その後ろの岩壁は爆音を上げて吹き飛んだ。

「……『転移』」

俺はその場から『転移』で逃げ出した……。

◇ ◇ ◇

転移先は誰もいない小部屋。

ふぅ、自分でビックリしたわ。

『投擲』も気を付けないとダメだな……。

そういえばダンジョン内でも『転移』が普通に使えるな。

下層には……行けない。

マップが表示されてるところなら行けるのか？　外は……マップが切り替わった……行けるな。

……という事は、下層も入ってマップを更新すれば行けるって事かな？

あとで要検証だな。

さて、改めて……行くか！

小部屋から出ようと歩き出すと、『カチッ』……カチッ？

『ゴゴゴゴ……』

「……」

小部屋の出入り口が閉まり、反対側の壁の一部が開いていく。
そこから大量のゴブリンが押し寄せてきた。

「これで全部か？」
所詮（しょせん）ゴブリンというところか……十数匹いても瞬殺した。
ピロン♪
『レベルが上がりました』
『身体強化レベル1を取得しました』
『魔闘技レベル1を取得しました』
『付与魔法レベル1を取得しました』
『投擲レベルが上がりました』
『体術レベルが上がりました』
何かいろいろ上がったな。
……まあいい。
それより出入り口はまだ開いていない。
俺はゴブリンが出てきたところを覗いてみる。

真ん中にポツンと宝箱が置かれていた。
「……アレ、開けないとダメなんだろうな……」
俺なら『転移』で出られるけど……ここは潔く正面から行ってやろう。
俺は一応警戒しながら宝箱に近付き開ける。
中身は魔力回復ポーションが一本。
手に取ると……。
『ゴゴゴゴ……』
出入り口が開いた……他、ないんかいっ！
もう一回罠が来る流れだったじゃんっ！
レア種が出て、レアドロップをする流れだったじゃんっ！
そんなテンプレ期待してたよ、コンチクショーっ！

しばらく小部屋で頭を抱えてゴロゴロしたが、落ち着いてきたので立ち上がる。
戦闘後は無傷だったのに汚れてしまった。
『洗浄・乾燥』を使用して綺麗にしてから魔石を回収、小部屋を出る。
さっきのはなかった事にしよう。
……と、二層への階段を求めて歩く。

二層へ到着。

『マップ』が切り替わったので見ながら歩く。

「……ふむ」

……やっぱり隠し部屋があるな。

一層もだが入り口のない部屋が表示されている。

こんなの『マップ』のスキルがないと分からないだろう……？

罠にかかれば分かるだろうけど……。

「しかし……」

隠し部屋は赤表示がいっぱいだ。

「……」

一応、隠し部屋は全部回るか。


二層の隠し部屋の前に到着。

今度は小部屋じゃなく通路の途中だ。

ん～……『マップ』の設定を変えて、罠がないか確認……ないな。

「……」

今度は、『マップ』に『魔力感知』をリンク……あった。壁にスイッチか……。

小部屋の中はゴブリンファイターが一匹、あとはゴブリン十数匹。

よし、行くか。


「……まあ、すぐ終わっちゃうよなぁ」

どれがファイターだったか分からないまま蹴り飛ばしてたら、全滅してたよ……。

魔石を回収してあたりを見回す。

宝箱……はないな。

『マップ』起動。

……小さい小部屋が隣にある。

『魔力感知』で見つけたスイッチを押して開いた壁に入る。

……あった。

「さてさて、中身は～っと……。……指輪？　『鑑定』」

力の指輪（微）：力に補正（微）

シンプルっ！　説明がシンプルすぎるよっ、鑑定先生っ！　もっと仕事してっ！

多分、初心者向けのこのダンジョンならレアアイテムなんだろうけど、俺にはいらんな。

よし、売ろうっ！

「……三層行くか」

現在のステータス
名前：村瀬刀一（18）
種族：人間
職業：無職
称号：召喚されし者　Eランク冒険者
レベル：20
HP：4000　MP：2000
力：2000　敏捷：2400
魔力：1600　精神：2000
器用：2800　運：80
【スキル】
鑑定EX　アイテムボックスEX　言語理解
健康EX　マップEX　ステータス隠蔽・偽装

高速思考レベル６　気配遮断レベル３　速読レベル３
【戦闘系スキル】
剣術ＥＸ　短剣術レベル７　体術レベル９
縮地レベル５　投擲レベル８　魔闘技レベル１
【魔法系スキル】
空間魔法ＥＸ　魔力感知レベル１　魔力操作レベル１
生活魔法　身体強化レベル１　付与魔法レベル１
【生産系スキル】
採取レベル５　料理レベル１
【固有スキル】
女神の恩寵

◇◇◇

三・四・五層の隠し部屋をクリアし、五層ボス部屋へ向かう。
隠し部屋の宝箱の中身は、全部ステータスアップの装備だった……。

速さの指輪（微）：敏捷に補正（微）
魔力のイヤリング（微）：魔力に補正（微）
器用のブレスレット（微）：器用に補正（微）

……う～ん、微妙。全部売ろう。
『気配遮断』を起動し、五層をズンズン進む。
途中に安全地帯を見つけたが今はスルー。
ボス部屋前の部屋の通路から覗いてみる。
順番待ちで二十パーティーくらい並んでるな……。
ん～、ソロで並んだら絡まれそうなんだよなぁ。
ヒャッハーしてる奴が多いんだよ……。
なんで肩当てにトゲ付いてんだよ。
ザ◯Ⅱなの？　ジオ◯軍なの？
同じパーティーらしき奴は、何故か鞭を持っている。
ホントなんなのお前ら？　ザ◯Ⅱとは違うの？　知ってるよっ！
……と、ツッコミを入れて引き返す。
この異世界にはジ◯ンの残党が多いのだろうか……？

そのうち赤い奴とか、父親にぶたれた事ない奴とか出てきそうだな……（フラグ）。

俺的には、ソロモンのナイ◯メアさんが好きですが何か？

脳内でボケ倒していると、安全地帯に到着。

覗いてみると、こちらの方がヒャッハー率が大分低い。

うん、今日はもうここで野営だな。

ここで結界魔法さんが、さらなる有能っぷりを見せつける。

『気配遮断』をリンクし、さらに光学迷彩も可能だった。

万能すぎるぜ！　やはりＥＸは伊達じゃないっ！

そんなわけで『結界』を起動。

人に触らないように隅の方へ。

『結界』を畳三帖分くらいにして野営の準備をする。

早めに休んで夜起きてボス部屋前に行ってみよう、と方針を決め、さっさと休む事にした。


「……」

のそっと起きる。

ん～……しっ！　と立ち上がり首を回し気合いを入れる。

よし、ボス部屋見に行くか……。
荷物を回収し、『結界』を新たに起動。
野営用結界は解除して移動開始。
安全地帯内を見ると野営組が増えてる。
寝てる人に気を付けて歩く。
安全地帯だからかテントも張らないいんだね……。
『転移』で行ってもよかったな……。
ま、まあダンジョンは歩いて探索が醍醐味だしっ！
……と、謎の言い訳をしつつボス部屋前へ向かう。

ボス部屋前を覗く。
各パーティーが見張りを置いて野営しているところを見ると、やっぱり今は夜か……。
ボス部屋の扉は開いてるし、戦ってる様子はない。
先頭のパーティーも野営してるし、順番待ちの話はついているのだろう。
そんなところにソロの俺が行って通してくれるだろうか？　……うん、ないな。
……よし、黙って通ろう。
「『縮地』」

俺は通路から一気にボス部屋に飛び込んだ。

現在のステータス
名前：村瀬刀一（18）
種族：人間
職業：無職
称号：召喚されし者　Eランク冒険者
レベル：22
HP：4400　MP：2200
力：2200　敏捷：2520
魔力：1760　精神：2200
器用：3020　運：80
【スキル】
鑑定EX　アイテムボックスEX　言語理解
健康EX　マップEX　ステータス隠蔽・偽装
高速思考レベル7　気配遮断レベル4　速読レベル3
【戦闘系スキル】

剣術EX　短剣術レベル7　体術レベル9
縮地レベル5　投擲レベル8　魔闘技レベル2
【魔法系スキル】
空間魔法EX　魔力感知レベル1　魔力操作レベル1
生活魔法　身体強化レベル2　付与魔法レベル2
【生産系スキル】
採取レベル5　料理レベル1
【固有スキル】
女神の恩寵

俺の後ろで扉が閉まっていく。
それに気付いた冒険者の見張り役が数人、声をあげているが扉が完全に閉まると同時に聞こえなくなった。
ボス部屋は百メートル四方くらいの広さで今、中央に黒い靄（もや）が出てきている。
黒い靄はだんだんと人型を成（な）していく。

成人男性と同じくらいの体躯(たいく)、若干濃(こ)い緑の肌、醜悪な顔に尖(とが)った耳はゴブリンそのものだ。

「『鑑定』」

ゴブリンロード　レベル5
ゴブリンジェネラルがさらに進化した個体。力・敏捷性に優れ生命力も強い。野生のロードならレベルは50を超える。

「……はぁ」

いい演出してんなぁと思ったけど、やっぱり初心者向けダンジョンには変わりないって事か……。

鑑定先生の説明もいつもよりまともだったのに。

俺は虎月レプリカを抜き、上段に構え『縮地』を発動。間合いを一気に詰め、袈裟に切る。

ゴブリンロードは魔石を残し消える。

「……ステータスに差があるとこうなるよな」

鞘に刀を収め、魔石を回収。

入り口の反対側の壁が音を響かせて開いていく。
下り階段……六層の入り口が出てきた。
下りるか……。
確か六層からはオークがメインだったっけ？　と考えながら階段を下りていく……。
そういえばまたレアドロップなかったな……。

多分夜中だろうから静かに戦わないとな……。
『気配遮断』しながら、背後からオークの首を両断する。
向かい合ったら『投擲』で額を撃ち抜く。
魔石を回収。移動、移動。
隠し部屋の宝箱、中身はポーション二本、魔力回復ポーション二本の計四本。
若干ショボい……、と感じたのは仕方ないと思う。
隠し部屋なんだから、もうちょいいい物が欲しかった。
そのまま歩いていると六層の安全地帯。
覗いてみると誰もいなかった……。
そんなに静かにしなくてもよかったのか……。
まあちょうどいい。ここで『結界』張らずに寝てしまおう。

誰か来れば起きられるだろうし……。

特に何もなく、普通に起きる。
他の冒険者達も動いてる気配を感じる。
俺は朝食を取って七層に向かう。
七層の隠し部屋。
そこにいた上位種はオークファイター、レベル7。
取り巻きのオーク、レベル7が多数。
小石の『投擲』を連射して全滅。
魔石を回収。宝箱には短剣が入っていた。
「『鑑定』」

ミスリルコーティングの短剣：ミスリルをコーティングした鉄の短剣。耐久性・魔力伝導率が若干上がっている。

ちょっといいのが入ってた。
早速、腰の短剣と差し替える。

少しニヤニヤしながら八層へ向かう……。

現在のステータス
名前：村瀬刀一（18）
種族：人間
職業：無職
称号：召喚されし者　Eランク冒険者
レベル：23
HP：4600　MP：2300
力：2300　敏捷：2640
魔力：1840　精神：2300
器用：3160　運：80
【スキル】
鑑定EX　アイテムボックスEX　言語理解
健康EX　マップEX　ステータス隠蔽・偽装
高速思考レベル7　気配遮断レベル5　速読レベル3
【戦闘系スキル】

剣術ＥＸ　短剣術レベル7　体術レベル9
縮地レベル5　投擲レベル8　魔闘技レベル3
【魔法系スキル】
空間魔法ＥＸ　魔力感知レベル1　魔力操作レベル1
生活魔法　身体強化レベル3　付与魔法レベル3
【生産系スキル】
採取レベル5　料理レベル1
【固有スキル】
女神の恩寵

八層隠し部屋には、上位種オークウォーリア　レベル8。
九層隠し部屋には、上位種オークナイト　レベル9。
十層隠し部屋には、上位種オークジェネラル　レベル10。
それぞれ倒し宝箱をＧＥＴ。
鉄のバックラー、鉄の胸当て、鉄兜（てつかぶと）を手に入れた。

胸当ては装備したがバックラーと兜は『アイテムボックス』へ。
……あとで売ろう。
安全地帯に到着。
同じように『結界』を張って、中を覗いてみる。
ヒャッハーな方々は少ない。
ボス部屋前を陣取ってるのかな？
野営の準備をしている人が多いので、そろそろ夜が近いのだろう。
俺も休もうかな？　と思ったがボス部屋前を覗く事にした。
移動してボス部屋前を覗く。
二組のパーティーが順番待ちしている。
絡んできそうには見えない。
『結界』を解除して、並ぼうかどうしようか悩む。
「……」
……考えるのが面倒だな。
よし普通に並ぼう。
『結界』を解いて、普通に歩いて最後尾に並ぶ。
俺の前のパーティーの一人が話しかけてくる。

人のよさそうな感じの奴だ……。

「やぁ、君はソロで来たのかい？」

「はい、力試しで挑戦しに来ました」

「そうか。凄いな、君は。ソロだったら俺はまだまだ厳(きび)しいかな」

「そうですか？　いけそうな感じですけど？」

「万全の状態で一対一なら勝てるかもしれないけれど、道中の戦闘もあるしね」

「そうですね。まあ俺は力試しなので無理しないで行きますよ」

「そうだね。それがいいと思うよ」

……普通にいい奴だった。

そこでボス部屋の扉が開き、先頭のパーティーが入っていく。

少し時間が経ち……。

「俺達は今日はもうここで野営するけど、君はどうする？」

「そうですね……俺は今日、挑戦しようと思ってますけど」

「そうか。じゃあ君は先に行くといい」

「……いいんですか？」

「ああ、後続を通すかどうかは、先頭のパーティーと相談して決める事になっているから、問題ないよ」

「……じゃあお言葉に甘えます」

ボス部屋の扉が開く。

前のパーティーの戦闘が終わったようだ。

……さあ、行くか。

現在のステータス

名前：村瀬刀一（18）

種族：人間

職業：無職

称号：召喚されし者　Eランク冒険者

レベル：24

HP：4800　MP：2400

力：2400　敏捷：2880

魔力：1920　精神：2400

器用：3360　運：80

【スキル】

鑑定EX　アイテムボックスEX　言語理解
健康EX　マップEX　ステータス隠蔽・偽装
高速思考レベル7　気配遮断レベル4　速読レベル3
【戦闘系スキル】
剣術EX　短剣術レベル7　体術レベル9
縮地レベル5　投擲レベル8　魔闘技レベル4
【魔法系スキル】
空間魔法EX　魔力感知レベル1　魔力操作レベル1
生活魔法　身体強化レベル4　付与魔法レベル4
【生産系スキル】
採取レベル5　料理レベル1
【固有スキル】
女神の恩寵

◇　◇　◇

十層ボスは、オークロード、レベル10。

黒い靄と共に現れたそれを、一声も上げさせないうちに瞬殺する。
魔石を回収して十一層へ下りる。メインの魔物がオーガになった。
顔怖いし、デカイし、あと怖い。
ステに差がありすぎるので『投擲』で始末する。
隠し部屋の上位種はなし。こちらもさっさと始末し宝箱ＧＥＴ。
中身はポーション×三と魔力回復ポーション×三。回収して移動する。
安全地帯は十層で先に進んだパーティーが休んでいた。
スルーして十二層へ下りる。

十二層隠し部屋。上位種はオーガファイター、レベル12。
さくっと倒し魔石回収。
宝箱は『精神のブレスレット（微）』だった。
……売るか。
安全地帯へ到着。
野営している冒険者を発見。
いるのかよ……と心の中で悪態をつき、渋々スルー。

十三層へ向かう。

『転移』で外の宿付近に出る事も考えたが、そのあと、ここまで『転移』で戻れない可能性が怖いので却下。

一層で実験すればよかったなぁ……。

はぁ、もう十五層まで行っちゃうか……よし、行こう。

……と気合いを入れる。

十三層、隠し部屋。上位種はオーガウォーリア、レベル13。

十四層、隠し部屋。上位種はオーガナイト、レベル14。

十五層、隠し部屋なし。

ないのかよっ！

宝箱の中身は、鉄の大剣と鉄の肩当て。

大剣とか背中に背負いてぇ……。

中二の俺が揺さぶられる（中身四十二歳のおっさん）。

うーん……と、一人で大きな扉の前で苦悩する。

肩当てはトゲがなければよかったのに……。なんでトゲ付きなんですかねぇ。

だからこの異世界、ヒャッハーが多いのか？

とりあえず装備品は『アイテムボックス』へ。
思考が逸(そ)れまくったが、今は扉の前。
十五層は、十四層から下りたらすぐ扉があった。
マップで見ても、隠し部屋はない。
そして、扉の先がマップに映っていない……扉が開いているのにだ。
気にはなるが、考えていても仕様がないし、さっさとクリアしよう……。
俺はボス部屋へ入り、扉が閉まるのを待つ。
黒い靄が三つ出てきて、それぞれ集まり始める。
なるほど、最後のボスは三匹相手か。
……面倒だなぁ。
形を成していくそれは、人より二回りは大きい鬼。
今までのオーガよりデカイなぁ。
オーガロード、レベル15。
そして、オーガジェネラル、レベル15×2。
強そうだけど、俺とのステ差が圧倒的なんだよなぁ。
俺は刀を抜き正眼(せいがん)に構える。
魔力を纏わせ、攻撃力と耐久性を上げる。

「『縮地』」

飛び込んでジェネラルの首を、左からの横薙ぎで両断。

もう一匹のジェネラルが槍で突いてくるが、それを叩き落とし、こいつも首を両断する。

ロードが背後から突っ込んできて大剣を横に振るう。

俺は前に移動しかわす。

敏捷が違うのだよ、敏捷が。

向き直り対峙すると、ロードはすぐに上段から大剣を振り下ろす。

俺はすれ違いざま、胴体を横薙ぎに両断し、戦闘終了だ。

魔石を回収したところで転送陣が現れる。

そういえばレアドロップ一回もなかったなぁ、と思っていると、マップに小さな隠し部屋があるのを見つける。

スイッチを見つけ隠し部屋に入ると階段があった。

幻の十六層ってか？　ちょっとワクワクして俺は足を踏み出す。

今までの階層より長く深い階段を下りて、十六層へ降り立つ。

十五層と同じようにすぐ扉があった。

ただ扉は、普通の部屋への出入り口に見えるくらい小さい扉だった。

マップを見るも、扉の先は表示されていない。

罠もないし魔力感知を起動しても何もない。

薄暗くて見づらかったが、目が慣れてくると扉の横に黒い箱を見つける。

……インターホン？

うーん、『ちょっと意味が分からない』とか、『押すな、絶対押すなよっ！』とか脳内に聞こえてくるけど、押す一択だよな。

『ピーンポーン』

「……」

『やっと押したね』

「……っ？」

誰かいるっ⁉

……いや、まあ、インターホンあるし、そりゃいるだろうけど……。

『鍵、開けるから開いたら奥まで進んできて』

「あっ、はい」

『カチン』

オートロックかよっ⁉

……思わずツッコんでしまった。これは仕様がないと思う……。

それよりインターホンは魔力感知に引っかからなかったのに、どうなっているんだろう？

俺は扉を開けて歩き進む。

もう一枚、扉がある。

『コンコンコンコン』

思わずノックを四回してしまった。

『どうぞ』

俺は扉を開き中へ入る。

「……っ⁉」

ゴブリンっ⁉

俺は『スッ』と半身に構える。……が。

「あー、待って待ってっ。ぼくはわるいゴブリンじゃないよ」

「ネタかよっ‼」

なんだ、コイツ。

いきなりネタっぽいセリフ、ブッ込んできやがった。

「あー、ゴメンゴメン。ちゃんと説明するから」

「……」

俺は構えを解いて腕を組む。

「見ての通り僕はゴブリン。そしてダンジョンマスターだ」

そうして聞いた説明を整理し、要約するとこんな感じだった。


このゴブリンは、過去に勇者として喚ばれた日本人に造り出された。

このベルセダンジョンは、勇者がダンジョンコアを使って、初心者向けダンジョンとして造った。

今はダンジョンマスターとしてこのダンジョンを管理し、死人が出ないよう調整している。

隠し部屋は、スキルの『マップ』がないとほぼ入れない。

『マップ』は、神の直接付与でしか授けられないため、召喚された者かどうか、すぐに分かる（なら宝箱に、もう少しいい物入れてくれてもよくないっ？）。

ダンジョンにはフリーのダンジョンコアが存在し、触れる事でマスター登録される。

マスターはコアに貯まったポイントを使用し、自由にダンジョンを創造できる。

　ここに来た日本人ないし地球の人には、ダンジョンポイントを使用してアイテムを一つ渡す。

「え、マジで？　何かもらえるの？」

「リスト出すから選んで」

　すると、ステータス画面と同じような画面が俺の前に出る。

「……」

　そこには日本の物がズラリと並んでいた……。

◇　◇　◇

「使えるＤＰ（ダンジョンポイント）の上限は、リストの一番上に表示されてるよ。ただし選べるのは一個だけね」

「……」

　俺は今、目の前にあるリストを眺めてる。

　うーん……どれにするか……？

「あっ、左右タップすればページ変わるから」

マジかっ。

うーん、リストが増えちまった。

何選んでもＤＰ余裕そうだな。余計悩む……。

「うーん……うーん」

「時間はあるからゆっくり選んでいいからねぇ」


タバコは……安っ！　もったいないな……。

銃なんてあるのか。『投擲』あるからいらんな……。

食料品……この異世界、意外とうまいもんあるからいらんし……。

プラモデル。うぐっ、ちょっと作りてぇじゃねえかっ。

ゲーム機本体。ソフトどうすんだよっ⁉

４Ｋテレビ三十二型。番組、誰が作ってんだ？　異世界チャンネルでもあるの？


「……」

……ん？

「勇者って結構昔の人なんだろ？　なんでリストに俺の時代の物が出るんだ？」

「そういう仕様だから？」

「ご都合主義っ！」

　思わず声に出して突っ込んでしまう。

「そもそも、勇者って何年前の人なの？」

「確か二百年くらい前かな……」

「日本のいつ生まれか分かる？」

「二千年ちょうど……だったかな？」

　俺より年下かよっ⁉

　十代で二百年前の異世界……大変だったんだろうなぁ。

「マスターはチートあるからって結構楽しんでたよ。バカ貴族は消毒だー、とか修正してやるっ！　とか」

「あー、うん、分かった」

　少なくとも、片足以上オタクに突っ込んでる奴が喚ばれたのか……。

　ふっ、同じ匂いがするぜ。いい酒が飲めそうだ。

　さて、選ぶか……と、リストを再び見る。

　電動シェーバー。意外と欲しいけど電気は？　電気製品は魔力で代用可？　先に教えてくれ。

　快眠まくら。結構欲しいかも？

羽毛掛布団。セットにしとけよっ！

炬燵。ん～……捨てがたい。

電子レンジ。意外と使えるんじゃね？

「……ん？　これ……」

タブレットＰＣ。

最近の定番と言えば定番だけど……詳細は……。

魔力で充電可能。

持ち主のスキルに一部リンク可能。

……この時点ですでに有能だな。

ネットショッピングで地球の物の購入が可能。売却は不可。レートは十倍。

入出金はギルドカードとリンク。

……超有能だった！

インターネットには繋がらないがネットショッピングは可能だと、よく分からない事になってるけど、これに勝るものはないだろう。

これでタバコＧＥＴだ。

俺はタブレットに決めた。

「すぅ〜〜〜〜〜ふぅ〜〜〜〜〜」

タブレットをもらい、早速タバコとライターを購入。

ガッツリ吹かす……。

若返ってからの初タバコだったから、噎せるかと思ったけど大丈夫だった。……うまい。

併せて携帯灰皿も購入した。

その辺に灰を捨てるなんてあり得んな。マナーは守る。

今は十八歳じゃないかって？　異世界は十五歳で成人だからノープロブレム。

しかしタバコ一箱で銀貨約六枚かぁ。まあそこはなんとかするか。

「やめるって選択肢は？」

「ふっ……ないなっ！」

「即答なんだね……」

「しかし、三日足らずで踏破するとは思わなかったよ。この世界の人なら、早くて一週間くらいはかかるんだけどね」

「まあ、そこはほら、俺もチートもらってるしな……そうだ、転移者・転生者の情報とかはないのか？」

「うーん、残念ながらないよ。ここは、このダンジョンの情報しか入らないからね。外の事は知らない」

「ただ……」

「……ん？」

「僕のマスターは、冒険者ギルドのマスターだったからね。ギルド本部なら、情報があるかもしれない」

「本部は何処にあるんだ？」

確かベルセは支部って言ってたよな……。

「昔は皇都にあったよ。今も皇都にあるかは分からないけど……」

「……ふむ」

皇都か……元々行くつもりだったし時間も余ってるし、行ってみるかな。

「よし、んじゃ皇都に行ってみるかな！」

「一層まで転送しようか？」

「ああ……いや、その前に飯と、あと寝かせてくれ」

◇

休憩を終え、出発することになった。

「じゃあ一層に転送するよ」

「ああ、頼む」

「じゃあね。『転送』」

転送陣が輝き出し、俺は光に包まれていく。

「じゃあな……」

光が収まると『カチッ』と音がして、俺は一層の隠し部屋にいた。……カチッ？

『ゴゴゴゴゴ……』と岩壁が開き……。

やっぱりゴブリンが大量に現れた。

「……っ、あんのくそゴブリンーーーっ!!」


ゴブリンを倒し、大量の魔石を回収した。

魔石を回収して思う。案外、餞別（せんべつ）だったのかな……。

「いやっ、ないなっ!!」

ダンジョン出入り口に到着。

そのままギルド出張所へ行き、魔石を換金。

結構いい額になった。

「一度ベルセの街に戻ってからじゃないとないなぁ」

「そうですか。ありがとうございます」

ついでに皇都への行き方を聞いたが、馬車の直通はない……か。

ベルセの街に戻るのは面倒だし、時間はあるし、『転移』で刻んでいくか。

『パンッパンッ！』

俺は両手で頬を二回張り、軽く気合いを入れる。

「ん〜〜〜、よしっ！　行くかっ！　『転移』っ！」

◇◇◇

ベルセの街から皇都へ向かう途中にある、最初の村？　集落？　への街道。

そこからやや外れた繁みの中に『転移』してきた。

『転移』してきて、転移ポイントにあった草と合成してしまう、みたいな事にはならないようだ。

俺はシレッと街道に出て歩き始める。

皇都とベルセの街を結ぶ道だからか、商人や冒険者をそれなりに見る。

街道の左右は平原が広がり、たまに高い草が繁っている程度で、林・森がなく見晴らしは非常にいい。

『サァーッ』と軽い風が吹き、髪を揺らす。

うん、いい天気だ。

てくてく歩き、平和だなぁ、とか思っていると、一台のそれなりに立派な馬車が立ち往生しているのを見つけた。

さらにてくてく歩き、馬車が近くなってくる。

どうやら轍にはまり動けなくなったようだ。

御者と護衛かな？　鎧を着た男が頑張っている。

やがて馬車の中からキーキー金切り声が聞こえた。

「早くしないか、この馬鹿者っ‼」

「申し訳ありません！　旦那様っ！　もう少々お待ちくださいっ！」

御者の人が謝りながら、なんとかしようと動いている。

「お前も、もっと力を入れんかっ！」

今度は鎧の人を怒鳴りつけた。

「……」

いや、お前も降りて手伝えよ。

……とは思っても声に出さない。

面倒そうだな、と『気配遮断』を起動。

俺は街道の馬車から離れた位置を歩いて、華麗にスルーしていく。

四時間近く歩き、腹減ってきたなぁ、というところで、休憩できそうな場所があったので休む事にした。

バーベキューコンロを出さず、目立たないように火を準備する。

『アイテムボックス』から取り出したスープ入りの鍋を、温かいままだけど敢えて火にかける。

パン（異世界製）と干し肉（日本製ビーフジャーキー）を出し、スープをカップによそう。

そこそこ美味しくて満足。

匂い・煙遮断の『結界』を張り、コーヒー入りの水筒を出し、タバコに魔法で火を着ける。

「……ふぅ～」

靴裏で潰したタバコを携帯灰皿に入れ、休憩終わりっ！　さて行きますか！　と再び歩き出す。

たまに出てくる魔物を狩っていく。

ゴブリン、ホーンラビット、そして初めてスライムと遭遇した。
ぜんぜん可愛くなかった……。
なんかモゾモゾ動いてるし……。
えーっと、魔石と核が売れるんだっけ？　とりあえず『鑑定』。

スライム
最弱に類する魔物。魔法に弱く火属性が弱点。
火属性魔法で倒す事により魔石と核、両方を手に入れられる。亜種、進化種等、種類は多岐にわたる。

……なんでスライムに、鑑定らしい丁寧な鑑定してくれたんだ。
いつもなら『某国民的王道ＲＰＧの代表的なアレ』とかだろう。
……うん、いや、仕事してくれてありがとう。
そういえば攻撃魔法、使った事なかったな、と今更感があるが……。
えーっと、初級の火魔法は火球だったな。
……よし。
掌をスライムに向け、火の球をイメージしながら魔力を掌の先に込める。

そして飛んでいくイメージで『火球(ファイアボール)』。

出たっ！　成功だ！

火球はスライムに当たりゼリー状の体？　を焼き尽くす。

魔石と核を残してあとには灰も残らなかった。

あ～、物理だと魔石か核、どちらかしか手に入らないのか。

……かといって、スライムに魔力消費するのもなぁ、って感じかな？

俺はＭＰ量多いし高速自動回復あるから気にしないけど。

うん、女神の恩寵様様だな。いつも感謝してます、女神様。

そういえば、いつもならこのタイミングでスキル取得だと思うんだけど、ないな。なんでだろ？

まあ、いいか。

他の属性も試さなきゃな。

……と、俺は初めての攻撃魔法に浮かれて歩き始める。

スライムは火系統で。

ホーンラビットは肉が欲しいので物理で。

必然的に、ゴブリン相手に他の全系統の魔法を試させてもらった。

使い勝手がよかったのが『風刃(ウインドブレード)』。

イメージ優先なのか、広範囲でイメージしたら効果は広範囲に。

沢山の小さな刃も『風刃』で使用できた。

まあ、その対象はグロい事になってしまったが……。


浮かれながら歩いて日が傾いてきた頃、村？　集落？　に到着する。

宿屋あるかな？


……ありませんでした。

「……」

宿屋どころか食堂、酒場、商店もなかった。

この名もなき集落は街道に面しているが、特産も名所もなく、自給自足で暮らしているらしい。

住民は引退した冒険者や兵士、傭兵が多いとか。

荒くれ者は多いが、犯罪者はいないとの事。

そんな理由で、有事には、隠れ戦力として国やギルドに依頼を出すそうだ……怖いよ。

まあ戦いはするけど、基本的には静かに暮らしたい人達の集まりらしい。

結局、泊まる場所がないので、集落の外れで野営の許可をもらい準備を始める。

……テント、テーブル、椅子を出したところで集落の人に声をかけられた。

◇　◇　◇

集落の人に連れられて、集落の中央へ歩いていくと、多くの人が集まっていた。

……えっ、何？　俺、ボコられんの？

「今日はこの名もなき集落に客人が来てくれた。大した物はないが歓待はさせてもらう」

集落の長らしき人が言う。

「今日はたっぷり英気を養ってくれっ！　もちろん皆もだっ！　乾杯っ‼」

「「「「乾杯っ‼」」」」

サプライズらしい……。

驚いたが、ちょっと嬉しいのは秘密だ。

「よーう、客人、飲んでるかっ⁉」

長が話しかけてくる。見た目ガチムチの、厳ついじいちゃんだ。

「ははっ、いただいてます」

「敬語なんかいらねぇっ！　適当でいいんだよっ、テキトーでっ！」

「……ああ、分かった」

「それでいいっ！」

ガッハッハッと大きく笑う。

いい人なんだな……。多分ここの人達みんな。

「ほらっ、若いんだから飲め飲めっ！」

……宴は始まったばかりだ。

『健康EX』の効果で、酔わない（ON／OFFできないだろうか）が気分のよくなった俺は、タブレットで購入したウイスキーやウォッカ等の酒類と、食材とを提供した。

宴はさらに盛り上がり、長やガチムチな連中は、何故かポージング対決やアームレスリング対決を始める。

長がアームレスリングしながら何か叫んでいる。

「やらせはせん。やらせはせんぞぉっ‼」

ああ、誰かに似てると思ったら、ロボアニメに出てくる中将が年をとった感じか。

「……」

……なんでアニメのネタ知ってるんだ？

奥さん連中は料理を作り、それを子供達が運ぶ。

男……漢連中は食べて飲んで大暴れ、それをムキムキな爺さん達がラリアットで沈める。

おお、あっちの爺さんはシャイニングウィザードかよ。

……ホント、なんで知ってるんだよ。

年長者、元気すぎるだろ。面白いけど……。つーか、武闘派だなぁ……。


一夜明けて、テントから出て荷物を回収。

集落の中央に行くと、昨日の大暴れの痕跡は見当たらなかった。

井戸に水を汲みに来ていた子供に、長の家を教えてもらった。

「昨日はありがとうな」

「なに、こっちもうまい酒や食材を出してもらった。こっちこそありがとなっ！」

ガッハッハッと大口を開けて笑う長。

「じゃあ俺は出発するよ」

「ああ、気を付けてなっ！　また来い！」

お互い片手を挙げ、俺は振り返り歩き始める。

集落を出るまで、みんな挨拶してきてくれた。

ガチムチすぎるけどいい連中だった……。

ローリングエルボーが秀逸な爺さんがいたけど、二代目虎仮面の中の人が転生したわけじゃないよな。タイガースープレックスも見事でした。

三日後昼頃、そこそこ大きな街へ着いた。

俺は門前で入場待ちしている列に並ぶ。

十分程で俺の番になり、ギルドカードを提示、さらっと入場できた。

「レイセスの街へようこそ。ゆっくりしていってくれ」

ここはレイセスっていうのか。さて……。

「まずは宿取るかぁ」

門番に宿の場所を聞いて歩いていく。

「……例のホテルかよ」

『ア』から始まる、ベルセの街にもあった宿屋。

名前で異世界感が減る。

ホントに社長、こっち来てないよね？

チェックインして部屋へ。

「今日はもうゆっくりするか……」

ダラダラして過ごす事にした。

翌朝、バイキングでゆっくり食事をしてから宿を出た。

散策開始。

まず冒険者ギルドへ行き換金。

そして皇都への行き方を聞く。

このレイセスの街から馬車で四日、徒歩だと一週間前後との事。

馬車で二日のところに、大きめの野営場所がある事を教えてもらった。

「ありがとうございました」

冒険者ギルドを出て大通りを歩き、屋台で食料を買っていく。

道具屋、商店には特に興味を惹く物はなかった。

大通りが終わったので裏通りへ。

……と思ったが、極道っぽい方々が多かったので、大通りを挟んで反対側の裏通りへ。

すみません、こっち見ないでください。ヒャッハーな奴らよりぜんぜん怖いんですけど……。

こちらの通りは開いているお店が少なかった。が……うん、また夜に来よう、と固く決意する。

タブレットをチラ見して時間を確認。

十三時……結構な時間が過ぎていた。腹が減るわけだ。

……飯にしよう。

大通りに戻り、食堂を探す。

『本日のランチ：ベア丼　銅貨五枚　十四時まで』

……食うしかねぇっ！

うまかった……。

ランチドリンクのアイスコーヒーも頼み、一息。

「ふぅ、お腹いっぱいだ。ごちそうさま」

宿に戻り軽く一眠り、英気を養う。

夕食は宿で食べ、部屋に戻り一服。

時は二十一時。

俺はタバコの火を消し、携帯灰皿へ入れる。

「……ふぅ……さて……行くか……」

「……」

俺はスッキリして、ニッコニコで、歓楽街から宿屋に戻った。

「おや、ご機嫌ですね」

宿屋の受付のおっさんが話しかけてくる。

俺は無言で笑みを浮かべ、片手を挙げ挨拶し部屋へ行く。

「さて寝るか……」

横になり未だニヤニヤしながら、俺は意識を手放した……。


「あぁ～～～うぅ～～～……起きたくない……」

翌朝、完全に賢者モードに突入し、動けなくなってしまった。

どうやら賢者モードには『健康ＥＸ』も効果を発揮しないらしい（そんなわけありません）。

……異世界のお姉さん、恐るべし。


そんなこんなで一日を潰してしまった。

翌朝、朝食をもらい、チェックアウト。

レイセスの街を出て街道をひたすら歩く。

たまに魔物を狩り、一服し小さい野営場に着く。

この日は野営場所には俺しかいなかったので、バーベキューコンロを出し、一人バーベキューに勤しんだ。

「……」

ちょっと寂しい。

寝る前に、タブレットで缶ビールを一缶だけ購入して飲む。

もちろん五百ミリだ。

「……くぅぅっ、うまいっ！」

寝るか……。


翌日、朝食を適当に作り荷物を回収して出発。

道中、ゴブリン十数匹に襲われている商人をマップ上に発見。

『気配遮断』で近付き、遠距離から『投擲』連発。

商人は驚いていたが、俺は姿を見せず先に進む。

暗くなっても、野営場所にちょうどいい場所が見つからなかったので、マップで街道沿いの誰もいないところを探し『転移』した。

さらに翌日、レイセスの街を出て三日目。

今日で大きな野営場所へ着きそうだ、とズンズン歩いていく。

魔物を狩り、途中で昼食と休憩を、そして歩く。

タブレットを見て時間を確認、十五時を過ぎた頃。

あと三～四時間で着くかな～と思っていると、結構な速さで近付いてくる赤表示を確認。

その方向を見てみる。

「デカイなぁ～……。『鑑定』」

ビッグボア　レベル12
スモールボアが進化した個体。肉がスモールボアよりも美味。

「……フッ!!」

『鑑定』を終えた俺は、『縮地』を発動しつつ、刀に『魔力付与』して抜刀、ビッグボアを両断した。

倒すと同時に『アイテムボックス』に回収して、すぐ食用に解体した。

夕食は猪鍋に決まりだな。

……となると、他の食材が気になる。

『アイテムボックス』内を確認。……そこそこ揃ってはいる。

出汁はどうするか……。

……昆布と鰹節だけ、タブレットで購入。

あとは野営地で、他の人に振る舞いつつ味付けを聞くか。

鍋の事を考えながら歩き、ふと気付く。

「……」

他の人達が食べ終わってたらダメじゃん。

……仕方ない、マップ確認。

人のいない若干離れた位置へ『転移』！

十四時、無事、大きな野営地へ到着。

早速、料理ができそう、かつ問題なさそうな集団を探す。

「……」

冒険者、パス。冒険者、パス。商人、腹黒そう、パス。貴族、断る。冒険者、パス。商人……あの商人さんの一団なら大丈夫そうか？　女の人だし。

ちょっと声かけてみよう。

「すみません、ちょっとよろしいでしょうか？」

「……はい、なんでしょう？」

「ここに着くまでにビッグボアを倒しまして……」

「それを私に買えと？」

「いえ、違います」

「では、何を……」

「肉は提供しますので、鍋を作るのを手伝ってもらえないかと……？」

「……」

「あの……如何(いかが)でしょう？」

「私に話しかけたのはなぜ？」

「……ここにいる集団で、ちょうど食事の準備を始めようとしていた事と……」

「事と？」

「あなたが一番面倒じゃなさそうだったから」

「……フ……」

「フ？」

「フフ……アハハハハッ！」

おおっ？　何か笑われた？

「いや、失礼。フフ……。こんな裏表のない会話は久しぶりだったのでね。フフ」

「……えっ……と、それで手伝ってもらえるんでしょうか？」

「フフ、ああ。喜んで手伝おう。みんな、聞いたか？　ビッグボアの肉が食えるぞ！」

おおっ、交渉(こうしょう)成立。

他の人達も喜んでるみたいだし、猪肉(いのししにく)は期待できそうだな。

「あ、自己紹介がまだでした。私はトーイチと申します。冒険者です」

「冒険者にしては礼儀(れいぎ)正しいな。……いや、すまん。私はクラウ。クラウ・ベルウッドだ。よろしく頼む」

「……えっ？」

「どうした？」

「あの、もしかして……リサさんのお姉さん……ですか？」

「……っ！　フフ……！」

また笑われたな。なんだ？

「フフ……リサは……フフフ……私の娘だよ……」

「はっ？　……いやいやいやいやいや、ちょっと。えっ？　マジで？　妹じゃなくて？」

「フフフ……マ・ジ」

冗談(じょうだん)だろ？　こんな若い綺麗な人が、子持ちの人妻？

知らないうちに、何か変なフラグ立ってない⁉

「……フフ、まあいい。鍋……作るんだろう？　話はあとにしよう。あと話し方、素(す)でいいから。アタシも普通に話す」

何かお見通し感が凄い。商人の観察力とか洞察力(どうさつりょく)なのだろうか？

俺は素直に従う事にした。

「……んっ……んんっ。分かった。とりあえず鍋、作ってくる」

「フフ……、頼んだ」

◇

まずはクラウさんの後ろにいる人達に挨拶し、準備を始める。

「今日はよろしくお願いします。ビッグボアの肉は好きに使ってください。量はどのくらい必要ですか？」

冒険者風の人が出てくる。

護衛の人かな？

「こちらこそ頼む。五キロもあれば足りるだろう。解体するからこっちに出してくれるか？」

「あっ、解体済みなんでブロックで出せますよ」

「……ビッグボアを一人で解体したのか？」

……んっ？　あれを一人で解体は……おかしいな……普通は無理だ。……んん……。

「……ああっと、解体は得意なので……」

「……まあいい。よし、じゃあ、そこのテーブルに出してくれ」

俺はテーブルにブロックで五キロ取り出す。

「……見事。完璧な解体だ」

スキルの一機能なんですけどね。

「……各自、他の食材の下拵えを頼む。さて、メインの鍋はどうするか……」

「とりあえず出汁取るので、味付けは任せていいですか？」

「……ほう。料理人には見えんのに出汁を取るとか……面白い。……ああ、味付け仕上げはこちらでやろう」

「さてと……」

俺は昆布・鰹節を取り出し、鍋に水を入れ火にかける。

灰汁を取る準備をして待機。

「……なあ、それは何してるんだ？」

「……灰汁を取るんですけど……」

「……アク？」

……そっからかぁ……。

異世界に来てから飯はまあまあうまいから、気が付かんかった。

多分、やる人はやるけど知らない人の方が多いって事か。

出汁は知ってるみたいだし……。

「……えっと、スープを作ったりする時にできる表面の上澄みを灰汁って言って、それを取り除く事で雑味や苦味を取る事？　です」

くっ、説明できる程の知識はない。

タブレットに辞書入ってたから調べれば分かるけど、ここで出すわけにはいかない。

このまま押しきるっ！

「料理人ではないので詳しく説明はできないですけど……」

「……ほう。そんな調理法が……。いや、すまん。今度、自分でいろいろ試してみる」

ふう、どうにか誤魔化せた。

「さて、灰汁取り終わったんで、味付けはお任せしますね」

「ああ、任された」

味付けを丸投げし、周りの調理の様子を見る。

お米も用意してくれてるし、足りない物はなさそうだ。

「……ふむ」

なら俺はもう一品用意するか？

……うん、キノコと猪肉、玉葱をバターで炒めたものでいいか。

多分うまいと思うけど……作ってみないと分からんな。

まあ、やってみよう。

「……」

うん、うまい。これなら充分、喜んでくれるだろう。

周りも調理は終わったみたいだし、配膳しますか。


「「「いただきます！」」」

……さてさて、鍋はどうなったかな……。

「……っ！　うまっ!!」

味付けが肉に合っていて凄くうまい。

長ネギと白菜……に似た野菜にも味が染み込んでたまらん。

……任せてよかった。

これは、あれだ、熱燗が欲しくなるな……。

米があるんだから日本酒くらいありそうだけど、見た事ないから我慢だなぁ……。

うん、ご飯もうまい。

「「うまっ!!」」

フフフ……俺の「キノコと猪肉のバター炒め」が好評のようだ。

猪肉の脂とバターで異世界人にはしつこいかと思ったが、大丈夫みたいだな。

今日の夕食は協力を仰いで正解だったな。


「ごちそうさま」

周りの人も食べ終わって寛いでいる。

俺ももらったラガーを、覚えたての氷魔法でこっそり冷やして飲んでいる。

くぅ～～～、うまい！

「いい肉をありがとう。うまかったよ」

クラウさんが話しかけてきた。

「俺が肉を出して、一緒に作ってくれって提案しただけだよ」

「フフ……。分かってないねぇ」

「……何が？」

「ビッグボアの肉を出せる事が結構な事なんだよ」

「……マジか……。はぁ……」

それは気付かんかったな……。

「君は面倒事を嫌っているわりに迂闊すぎる。もう少し気を付けた方がいい」

「そこまで分かる……か」

「伊達に商人をしていないって事さ」

「……」

参った。何も知らないはずなのに、全てバレてる感じがする。

「……で、リサとはどういう関係？」

「実は……」

……リサさんとの経緯を話す。


「……なるほどねぇ、あの娘らしいわ」

「で、時間があったんで、呼び出されるまではいろいろ回ってみようとダンジョンに行って、次に皇都に行こうとして、現在に至るって感じ」

「フフ……君は本当に迂闊」

「……何が？」

「ダンジョンに行ってからここにいるってのが本当なら、時系列がおかしいもの。まあ、リサの話が本当なら察しはつく」

「……っ！　ああ……まあいっか。お察しの通り、俺は転移魔法が使える」

「だろうね」

「……」

……くっ、見透かされてる感が凄いっ！

「リサさんにステータスは見せてない。『転移』の事は内緒で頼む」

「フフ……了解した」

このあとも話は続いた。

話の内容を纏めると、次のような感じだった。


クラウさんはベルウッド商会に嫁いだ。

今は娘のリサさんに商会を任せ、自分は輸送を担当している。これは元冒険者だから。

今日は皇都から、ベルセの街への帰還中の野営だった。

旦那は、お義父さん（爺さん）の旅に連れていかれている。

お義父さんが異世界人（日本人）と知っている。


以上。

それからは、俺の状況を話した。

「……そんな理由で、俺は皇都の冒険者ギルドに行くところだ。何か情報はある？」

「ん～、特にないね。転移者の話を調べた事もないしねぇ」

「まあ、そうだよな」

まあ、期待して話したわけじゃないからな。

知らなくても構わない。

寧ろ、関わりがあった事の方がびっくりしたわっ！

「じゃあ、もう休むわ。お休みなさい」

「ああ、お休みなさい」

俺はテントの裏に行き一服。

「……ふぅ」

自由に動いてるつもりなんだけど、無自覚に仕組まれてるって事はあるのかねぇ……？

「……」

携帯灰皿に吸殻を入れ、テントに入る。

「まっ、スタンスを崩すつもりはないけどな」

ぼそっと呟き目を瞑る。

俺はそのまま意識を手放した……。

翌朝、起きてテントから出ると、クラウさんの一団は片付けを終え、出発の準備をして

いた。

「おや、おはよう。よく眠れたみたいだね」

「おはよう。そっちは早いな」

「これでもいつもよりは遅いんだよ」

「……そうなのか？」

「ああ、そうだ。リサさんにはベルセダンジョンに行ってる事になってるから、内緒で頼む」

「フフ……対価は？」

「チッ……これでどうだ？」

俺は日本製のウイスキーを一瓶渡す。

クラウさんは指先につけ一舐めすると、驚きの表情を見せた。

「っ!!　……これは……？」

「入手方法は内緒。不服か？」

「フフ……充分だ。ではまたベルセで会おう」

「ああ、またな」

こうしてクラウさん達とは別れた。

……さて、俺も片付けて向かうとしますか。

道中は魔法の練習を兼ねて、狩りをしながら進んでいく。

三日目午前、盗賊に襲われている貴族を発見。

護衛が戦っているが分が悪そうだ。

俺はいつも通り気配を消し、覚えたての雷属性魔法を放ち、盗賊全員『アバババババ』してそのまま離れた。

三日目午後、皇都ルセリアに到着。

都合六日間の移動だった。

そして……。

「……デカイな」

さすが皇都。ベルセより倍以上デカイ。

これは散策のし甲斐がある。とか考えながら門前の列に並ぶ。

「……」

結構時間かかりそうだな……。

暇潰しにタブレットを開きたいが、さすがにアカン。

今度、ブックカバーみたいな物を買って付けるか。とか、うまい食いもんとか珍味とか欲しいなぁ。とか考えているうちに順番が回ってきた。

ギルドカードを提示し、水晶型魔道具に触り入場する。

「……」

俺の目に皇都の街並みが映った。

「おぉっ……壁外から見ても凄かったけど、中の街並みはもっと凄えなっ……」

道路は石畳で舗装され、馬車二台分の道路と歩道が整備されている。

建物は石造りで色を白に統一し、綺麗に並んで建っていた。

「……」

何より城が凄い。

入り口からだと小さく見えるのに、それでも『デカイ』と分かるほど大きく美しい建物。

某レジャーランドの城の比じゃないな、などとアホな事を考えて歩き始める。

大通りを歩くが、いろんな店に目が移りなかなか進まない。

あと広いせいで迷いそうだ。

まあ、『マップEX』があるから、そんな事はあり得ないが……。

少し歩き、広場に出る。

まさかの案内図があったので確認。

城、各ギルド、教会、図書館、衛兵詰所等の主要施設の表示だけだったが、ありがたい。

冒険者ギルドの場所を確認して再び歩き出す。

『冒険者ギルド本部』と書いてある看板の前に立つ。

「本部となるとこんなデカイのかぁ」

なんとかギルドへ到着し、キョロキョロしながら仕様もない感想を言いながら受付へ。

「冒険者ギルドへようこそ。ご用件を承ります」

「買取をお願いします」

「この番号札を持ってあちらの買取カウンター前でお待ちください。順番が来たら番号でお呼びしますので、そこでギルドカードと番号札をお出しください」

「分かりました」

番号札を受け取り買取カウンターへ向かう。

受付嬢、事務的だったなぁ。

ベンチに座り順番を待つ。

「……」

皇都の周りには強い魔物は少ないけど、強そうな冒険者が多い。

……さすが本部ってところか。

番号を呼ばれたのでカウンターへ行き、職員のおっさんにギルドカードと番号札を出す。

魔石と魔物素材を出し換金してもらう。

「ほい、報酬とギルドカード。おめでとう、今回でランクアップだ」

「えっ？　あ……ありがとうございます？」

「ははっ、解体の腕もいいし、うちのマスターと同じ黒髪黒目だ。あんたはいい冒険者になりそうだな」

「黒髪黒目……」

……完全にフラグだなぁ。

まあ少しは気になる。

「俺、今日皇都に初めて来たので、ギルドマスターの事とか何も知らないんですよ。教えてくれるなら一杯奢りますけど？」

俺は指でお猪口（ちょこ）の形を作って飲むように口に持ってくる。

「乗った！　じゃあ二十一時にまた来てくれ。オススメの酒場も教えてやる」

「お願いします。じゃあまた夜に」

「おうっ！　じゃあなっ！」

俺はそのままギルドを出る。

本命ではないけど、少しは情報入るかな？

とりあえず宿を取りに行くかな。

◇

冒険者ギルドの周りで宿屋を探し、チェックインする。

……やっぱり例の、『ア』から始まるホテルみたいな宿だった。

二十一時まで時間があったので、宿屋を出てギルド周りを散策。

今日は面白そうな店をチェックだけして回る。

さすが皇都、と言うべきか店の数が多い。

とはいえギルドの周りだけでは時間を潰すのには足りなかった。

約束の時間まであと二時間、どうしようか。

そう思っていると、楽器の音が聞こえてきた。

音のした方を見てみると、演奏の準備をカフェ内でしている。

うん、ここにしよう、とカフェへ入る。

コーヒーを頼んで演奏を待つ。

ドラムにギターの形をした弦楽器が二本と、歌い手？　が一人の４Ｐ（ピース）バンドだ。

異世界で初めての音楽が生演奏なんて、なんかいいね。

俺も若かりし頃にちょっとやっていた。

ナインス、セブンス？　小指を動かすの苦手(にがて)でしたけど何か？　男は黙ってパワーコードで。

あまり上達しなかった過去を思い出し、ちょっと悲しくなる。

コーヒーを飲みながらさらに演奏を待つ。

店内も結構人が入ってきた。

「……」

何かヒャッハーな奴らが多くない？

バンドもスタンバイし始めたけど、リハとかしてないけど大丈夫なん？　と思っているとイントロが始まる……。

「……ブホォッ！」

なんであの洋楽が異世界に？　来日……来界？　したの？

あとギターっ⁉

シールドもエフェクターもないのに、なんでそんな絶妙(ぜつみょう)にワウの効いた、ディストーションサウンドになってんのっ⁉

その後も洋楽のコピーは続く。

ヒャッハー達も盛り上がってる。

ヘッドバンギングが様になってやがるな。

分かってんな、お前ら。

そんなわけでライブは無事終了した。


……じゃなくてっ！

いや、終了したけども。盛り上がっちゃったけどもっ‼

ツッコミどころ満載だよっ！　……いや、もういいや……。

ギター、ベースはエフェクターと、アンプの機能がついた魔道具になってるらしい。

どうやって魔道具化したんだ。

……俺にもください。

しかし自分の事は置いておくけど、前に来てる人達（日本人？）も好きにやってるよなぁ。

『勇者』じゃない人なのかなぁ？

適当な事を考えて、カフェを出てギルドに向かう。

◇　◇　◇

「ソチラノカタハ？」

そこには職員のおっさんだけでなく、もう一人別の男がいた。

「初めまして、トーイチ君。僕はマサシ・コバヤシ。君には小林将士と言った方がいいかな？」

「いやぁ、話を聞くなら本人の方が早えだろ？　と思って連れてきた」

よ、余計な事を……ギルドマスターなんて厄介事しか持ってこないだろうに……。

いや、迂闊に情報を得ようとした俺がアホだっただけか……。

「初めまして、ギルドマスター。トーイチ・ムラセ……村瀬刀一です」

「まあ硬くならないで。とりあえず店行こうか」

ギルドマスターのマサシさんは、気のいい兄ちゃんって感じの雰囲気だ。

黒髪黒目の、年は二十後半～三十前半くらいか。

『鑑定』……はいいか。話を聞こう（諦めた）。

こっちバックレてアンコール聞いてればよかったよ……。

「新たな冒険者と出会いに乾杯っ！」

「乾杯っ！」

何故かギルドマスターのマサシさんに、仕切りの音頭をとられた。

……いや、いいけれども。

俺はラガーを飲み、一息。

「はぁ……」

情報を欲しがったのは俺だけど、本人からはダメだろ、本人は……。

まあ、もう来ちゃったから仕方ないと開き直るか。

ここで聞きたい事聞いてもいいけれど、職員のおっさんがいるから、話せない事が多いんだよなぁ。

ん～……とりあえず飲みながら様子見るか。


「……」

「ぷはぁ……ふぅ。……で、聞きたい事はなんだい？」

おっさんが酔って潰れ、テーブルに突っ伏したところで、マサシさんが話しかけてくる。

「どうせ僕の情報を得たあとに、接触しようか決めようと考えてたんでしょ？　今、聞きなよ？」

素性のよく分からん一冒険者の俺と気安く会うってのは、何かあっても大丈夫だという強さと自信からか……。

『鑑定』はしてないけれど強いのが分かる。

「あんたの年、こっち来てから何年か、あと何年生まれか。とりあえずそれが聞きたいかな？」

「ふむ……年は今年で三十七。こっちに来てから二十二年……かな？　西暦だと一九八三年だね」

「……」

「……どうかした？」

「……兄貴の名前は雅尚か？」

「……っ⁉　なんで……？」

「……似ているな、とは思った。年を聞いて可能性が高くなった。だから兄貴の名前を出してみた。行方不明になった弟がいるとは聞いてたから」

「……じゃあ、兄貴の知り合い？　……いや、だとしたら年が合わない……？」

「知り合いってか友達だな。年はこっち来た時若返った」

まさか友人の弟と異世界で会うとはな……。

意図的なモノを感じないわけがない。

まあ、直接会った事がなかったとはいえ、アイツの弟が生きてるって分かったのはいい事だ。

それを伝えられないのは残念だけど……。

「えーっと、トーイチさん、と呼んだ方がいいですかね？」

「あ～……そこはいいよ、普通で。コッチではお前の方が年上になっちゃってるし。二人の時だけでいいんじゃないか」

「そうですか……じゃあ、そうします」

……ちょっと微妙な空気になった。

「……で、初代ギルドマスターの勇者の事をちょっと調べようかな？　と思って、皇都に来たってとこだ」

「……なるほど。でもすみません、僕も初代の事はほとんど……。書類等に名前は残ってますが人柄・能力等については何も……」

「ああ、それならそれでいいんだ。なんとなく……で思っただけだから」

初代ギルドマスターの情報はなくても別に構わない。

それはそれで、俺が自由に生きるのに今のところ関係ないからだ。

「マサシ、お前はこっち来てどうだったんだ？」

「そうですね……」


学校帰りに帝国貴族に召喚された。

クズ貴族だったので脱走。皇帝（当時皇太子）と協力し、クズ貴族を潰し回る。

冒険者になってからも、度々(たびたび)帝国に（というより皇帝に）協力し、その功績(こうせき)をもって冒険者ギルドのマスターに就任(しゅうにん)。


……で、現在に至ると……。

「簡単に纏めて、こんな感じですかね」

「なかなか主人公してるな……」

「はは、そんな事ないですけどね。今なんて書類仕事ばっかりですよ」

「こっち来てまで書類とか嫌だな……」

俺なら絶対断ってるわ……。

「欲しい情報があれば回しますけど、何かあります？」

「あ～、そうだなぁ。今度ベルウッド商会の爺さん……鈴木さんに会うんだけど、何か知ってる？」

「あっ、鈴木さんの事、もう知ってるんですね。そうですね……特別な事はほとんど知らないです。さすが商人というか、自分の情報をあまり出してくれないんですよね」

「なるほど……」

「当たり障(さわ)りのない事なら話してくれると思いますよ。それに、貴族潰してた時は結構お世話になりました。必要な情報は出してくれますから」

「やっぱ直接会わないと……か」

大商会の創始者ならそんな感じかなぁ……。

「そうですね、会わないと掴めないと思います」

「そうか……うん、分かった。ありがとう」

「いえ、兄貴の友人なら……せっかくこっちで会ったんです。協力できる事はしますよ」

雅尚の弟とは思えないほどいい奴だな。アイツもいい奴だけど性格アレだからなぁ……。

「じゃあ、そろそろ帰りますね」

「そうだな、お代は俺が出しておくから……」

「いえ、ここは僕が……」

「おっさんには俺が奢るって言ってるからな」

「……そうですか。じゃあ、ゴチになります」

「ああ……今日はありがとな」

「こちらこそ。この人はここにおいて置けばいいので。じゃあ、ごちそうさまでした。お休みなさい」

「お休み。またな」

こうして俺は異世界テンプレ、『ギルドマスターとの邂逅』を終わらせた。

俺は宿に戻り一人思う。

職員のおっさん、ほっといたけど大丈夫？

皇都に着いて二日目。本日も晴天なり。
俺は朝食をいただき外に出た。
「……絶好の散策日和」
広場に行き、案内図で大通りを確認。

さすが皇都。大通りが東西南北に一本ずつ通っており、それぞれデカイ。
これは一日じゃ回れんなぁ……。
とりあえず一番近い南側から回るか……と散策開始。
道具屋、武器屋、防具屋、魔道具店と回り昼食。
昼食後、東の大通りに向かう。
国営帝立図書館を発見し、入館。
入り口の門番さんはやはり厳つかった。
国営だけあり、ベルセの倍近く大きい図書館で、当然その分蔵書が多い。
お目当てを探すのは大変だったけど楽しくもあった。
俺はお目当ての中級魔法書を発見し、読みふける。
『速読』スキルのおかげで、魔法書以外に錬金書・魔物図鑑等も読めた。
閉館時間までいたが、読みたい物は全部読めなかったのでまた来よう。うん。
宿に戻り、いつもより早めに夕食を取り、早めに寝床に就く。おやすみ。

皇都三日目。
東の通りは、図書館以外めぼしいトコはなかったので、北の大通りへ向かう。
飲食店が多い。……という事は……？

裏通りに行くと夜のお店が並んでいた。

もちろん今の時間は開いてないので、裏通りを抜け大通りに戻る。

「……」

夜に来よう、と誓った。

反対側の裏通りも確認のため見てみる。

こちらも夜のお店が並んでいた。マジかっ!!

……ハシゴするか別日にするか悩む。……ぐぬぬっ！

「……」

とりあえず昼にするか、と大通りに戻り、美味しそうな店を探す。まだ悩み中。

昼食後、若返ったけどハシゴはないか、と一人結論し、西の大通りへ。

西は職人街だった。

工房が立ち並び、そこら中でカンコンカンコン音がする。

このあたりの工房は南の店舗・商会に卸(おろ)すか、直営で小売をやっているらしい。

まあ、この通りだとちょっとウルサイかな？

そんな通りの中で店舗を発見。

錬金アイテムの店みたいだ。

「……」

店に入って商品を眺める。

ポーション等の薬品から魔道具まで置いてある。

珍しい物はなかったが、質が高いのは窺えた。

せっかくなので回復薬を一セット購入しておく。

『鑑定』で見ても、他店の同種の物より一ランク品質がよかった。

うん、今度からはこの店で買おう。

その他は工房なので、邪魔してはアレかと思い宿に戻る。

夕食時まで少しあったので、『アイテムボックス』内を確認・整理しておく。

なんとなくスッキリ。

夕食後、汗を流し北大通りへ意気揚々と歩いていく。これが若さか……。

◇◇◇

深夜に歓楽街から戻ってきた俺は、そのまま眠って朝を迎えた。

昨晩は、「まだだ！　まだ終わらんよっ！」などと言って、ハシゴはしていない。

していないったらしていない。

とはいえ一軒だけ、夜のお店のお世話になってガッツリ賢者モードへ移行し、宿屋のベッドで一晩経ってもぐったり中。

「……う～～～ん……、う～～ん……な～～にするかなぁ～～～……」

とは言っても、まったくやる気が出ない。出ないというより一切ない。

「う～～～ん……う～～～ん……」

悩むふりをしてもないものはない。

朝食を抜きゴロゴロ。

昼食を取りしばらくゴロゴロして、ようやく少し元に戻る。

いつもやる気ないじゃん、とか言うな。

「……」

小指の爪先程度はある……はず。


さて、今日の残り少ない時間で何ができるか？

『アイテムボックス』は昨日やった。

ん～……私服をもう少し買っておくか。南大通りにあったから近いし。

そして服屋に行き、下着と上下五セットを購入。

皇都価格で高いかと思ったがそんな事もなく、まあまあリーズナブルだった。

次に、南大通りに近かった商人ギルドに行き、ベルセダンジョンで入手した効果（微）アップ装備を売った。

ステータスアップの装備は人気が高いらしく、（微）でも、そこそこ高く売れたのはよかった。

商人ギルドを出るとすっかり夕方になっており、気持ち大通りが慌ただしくなってきた。

俺はその喧騒の中を通り抜け宿に戻る。

すると、受付のおっさんに声をかけられる。

「あっ、お客さん。トーイチさん、でよかったよな？　冒険者ギルドから呼び出しがありましたよ。明日、午前中に来てくれって」

「分かりました、ありがとうございます。あっ、あと今日は夕食お願いします」

銀貨をカウンターに置いて部屋へ戻った。


少し経ち、食堂に行き食事を取った。

食べ終わったあと、フラフラと外に散歩に行く。

夕方の喧騒はとっくに引いてはいるが、酒場からは楽しそうな声が聞こえてくる。

俺は突然思い立ち、皇都の外壁の上へ『転移』する。

風がさあっと流れなんとなく気持ちいい。タバコに火を着け一服。

「……ふぅ」

この先どうするかな……。

ほげっ、としながら考える。

「……」

チートのおかげで金にはほとんど困らないくらいは稼げる。

何かしなきゃってワケでもない。

「……ふぅ」

煙を吐きながら考える。

初代ギルドマスターの情報は今のところない。

でも、どうしても欲しいかというと別になくても困らない。

タブレットで缶コーヒーを購入、ゴクッと一口飲みタバコを咥える。

「……」

風に当たりながら考える。

「面倒なのは嫌だし、やっぱり好きに自由に生きるかぁ……」

少し口角を上げ独り言ちる。

うん、明日からも楽しくなるように生きよう。

よし、宿に戻るか、と宿の近くに『転移』する。

うん、やっと賢者モードが解除されたみたいだ。

翌朝、パチッと目を覚ます。

うん、よく寝られた。

着替えを済ませ、食堂に下り、朝食を済ます。

そのまま宿を出て、東大通りの帝国図書館へ行き、一昨日に読んでいない本を読み始める。

昼は北大通りのランチをやっている酒場へ行き、昼食を取る。

濃いめの味付けが堪(たま)らない。

もう一度、図書館に戻り本を読み始める。

十五時頃、図書館を出て宿に戻り、部屋でゴロゴロし始める。

と言っても、図書館で仕入れた知識・情報を頭の中で纏めるためだ。

好きでゴロゴロしてるのは認める。認めちゃうのかよ……。

今日は地理・種族関係を調べてみた。

『マップEX』見れば分かる事だけど、それはそれ。

この大陸は菱形のような形で、死の山岳地帯と呼ばれる場所を中心に、東西南北に国が置かれている。……菱形ってのは誰が調べたんだよ……。

東――ルセリア帝国。農業と漁業がバランスよく、商業が盛んなため、文化の発展速度が早い。各ギルドの本部が置かれている。
南――ポークレア王国。農業よりも漁業が盛ん。海軍は四国一精強と名高い。
西――アライズ連合国。獣人・ドワーフ・エルフ等、亜人種が治める国。連合となっているがほとんどが上手く共生していて差別等も非常に少ない。森や山が多く、狩猟や鉱石の採掘・加工等が盛ん。
北――アディス魔王国。魔族の中で戦闘力の最も高い者が魔王として代々治めている。酒造が盛んでドワーフよりも上手い。他の地域より若干気温が低いが、農業はそれなり。

代々の王様や皇帝の名前も載ってるけど割愛。

日本人っぽい名前はなかった。

次は連合国に行ってみようかな？

ケモ耳とエルフを見てみたい。

そんな事を考えながら一度夕食のため、宿を出て南大通りを歩いていく。

途中、屋台等で食べ物を買い、『アイテムボックス』へ入れ補充(ほじゅう)する。

近くの食堂に入り夕食を済ませてから戻る。

汗を流し横になっているうちに、俺は意識を手放した。

翌朝、食堂に下りていくと、ギルドマスター・マサシが腕を組み、仁王立ち(におうだ)で俺を待っていた……。

◇　◇　◇

「オハヨウゴザイマス、トウイチサン」

……ん？　何か怒ってんな。

「おはようございます、ギルドマスター。何か？」

「何か？　じゃないです。昨日ギルドに来るように伝言しましたよね。『分かった』って言ったらしいじゃないですか」

……あぁ、それで怒ってんのか。

「分かったとは言ったけど、行くとは言ってないですよ」

「ぐぬっ。それでも呼び出しているのだから、来るのが普通でしょう？」

「……『誰から』かも『用件』も聞いてないのに行くワケないでしょう？　……本当にギルドからかも怪しい呼び出しに」

嘘かもしれない呼び出しに出向いてボコられたらどうすんだ？　まったく……。

「そもそも、俺の予定も聞かずに一方的な呼び出しってどうなんです？　ギルドの規約には載ってなかったでしょう？」

「ぐぬぬっ」

さて、マサシはどう出る？

マサシは知らんだろうけど、俺はお前の兄貴より性格悪いぞ。……ちょっとだけね。

「……はぁ……。すみません、僕が悪かったです」

素直に謝るか……。だけど……。

「なので話を聞いてもらえませんか？」

「……えっ？　嫌だけど……？」

「……」

「……」

「……な、なんでですかっ？　話ぐら……」

「厄介事だったら嫌じゃん」

「……」

沈黙が流れる。

「やっぱ厄介な話か……。話するのは勝手だけど、俺は嫌な事は絶対やらないからな」

先に釘（くぎ）を刺す。これで大丈夫だろう。

たとえ話が俺にとって有益な事だとしても、厄介事や面倒事はごめんだからな。

「断っていいなら話聞くけど、どうする？」

「……諦めます……」

マサシはとぼとぼと帰っていった。

「……」

最初の仁王立ちはなんだったんだ……。

しかし一先ずの平穏（へいおん）は守られた。

邪魔する奴は蹴っ飛ばす。ダメな時は『転移』で逃げるけどなっ！

こうなると今、皇都でやる事はないし……そろそろ一度ベルセに戻るか……。

また呼び出しくらうのもアレだし、今日にでも出発しちゃうか。

そんな理由でさっさと宿をチェックアウトし、昼前には皇都を出て、ベルセへの街道を歩き始めた。

とりあえず戻って鈴木さんに会って……会ってどうするんだろう？

……まあ、いいか。

鈴木さんに会ったあとは連合国だな。

ケモ耳、エルフ耳を堪能しなくては……。

ドワーフは嫌いじゃないが、おっさんはどうでもいい。

まあ、その辺は行ってからのお楽しみだなぁ……。

俺は連合国の事を考え、ちょっとニヤニヤしながらベルセへ歩を進めて行く。

◇　◇　◇

皇都を出て数日。順調にベルセに向かって進んでいる。

道中はいつも通り魔物を狩り、夜は『結界』を張って野営を繰り返す。

途中、皇都に来る時に寄った街で、賢者タイム→賢者モードに入り一日余計に泊まったが、順調と言ったら順調だ。

アレは必要経費、仕様がないんだ。

魔法で何かできないかと思い、『転移』で人気のないところへ移動して、『結界』を張り思考する。
手をピストルの形にして、指先に水を集め球にする。
それに雷属性魔法を複合、水球にスパークを纏わせた。
ん～、色を……弄れんかな……？
……弄れた。なんでもアリだな、魔法。
水球と雷を紅く調整し、それっぽくする。
……ん、いい感じ。
俺は水球を、遠くの岩に向かって線を引くように射出、岩を破壊した。
……結構な威力が出たな……。
さらに威力と、あとを引く線の太さを調整していく。
残るは音なんだけど、どうにかなるか……？
ピロン♪
『音魔法レベル1を取得しました』
どうにかなるらしい……。
いや、音魔法は元々この世界にもあるのか……。ならいいか。
俺は音魔法で、溜める時と発射時の音を調整し、複合する。
何度か練習し理想に近くなる。

「……できた……。ビームマグ◯ムに限りなく近い魔法……」

正直、あとを引く形状とか、音とか色は無意味だけれど、そこは必要なんだ、浪漫なんだっ。

俺はこの水・雷・音の複合魔法を『マグナム』と名付ける。

いや、まあ使用時には名前を言わないけど……。

同じようにビームサー◯ルもできるようにした。

雷を外し音と色を再現。

こうして俺はチート能力をフルに、無駄に使って浪漫を追い求めていた……。


『マグナム』

水・雷・音複合魔法。威力調整可。ネタ元に近付けるため、無駄に溜めが必要。

弾速は速いが音が出るため、遠距離狙撃（そげき）に向いてないかも。


新しい魔法『マグナム』を開発し、魔物や盗賊等に使って道中を進む。

以下、とある盗賊達の会話である。

「なんか凄ぇ音がしたと思ったら、その方向から、紅い水球が凄ぇ速さで飛んできたんだ。避けきれなくてくらっちまったら、衝撃と合わせて痺れて動けなくなって、そのまま捕まっちまった」

「当たらなければ、どうと言う事はないっ！」

「テメエは普通に捕まってただろっ！」

以上。

「……端から見たら、少年漫画の『霊◯』だよな、コレ……」

気にしない気にしない気にしない。

色と音も違うし、大丈夫大丈夫……うん。……と自分に言い聞かせる。

大きめの野営地に着き、野営開始。

バーベキューコンロを出して、肉を焼き始める。

味付けを塩だけにして、周りの人達に肉を振る舞う。その中の商人が酒をくれた。ん、うまい。

コンロの上に大きい鍋を置き、野菜スープを作る。

周りの人達に干し肉を入れてもらい皆で食べた。

これもうまい。

追加で肉を焼き、酒をもらい、と繰り返しいい気分で床に就く。

たまにはこういうのもいいな。おやすみ～。

目を覚ましテントを出ると、昨日酒盛(さかもり)した人達が寄ってくる。

「おはようございます。昨日はごちそうさまでした」

「おはようさん。昨日はうまかったよ、ありがとな」

等々、お礼を言われる。少々照れくさいが……。

「おはようございます。こちらこそ酒や干し肉をもらってごちそうさまでした」と返しておく。


野営地を出発。

ベルセ方面の人達と一緒に行く事にした。

あと三日程度だ、気を付けていれば能力バレはないだろう。

魔物が感知範囲内に出ても黙って近付くのを待つ。

魔法なし、『投擲』なし、『縮地』なし、『気配遮断』なし……と縛りプレイ。

刀、久しぶりに使ったわ……。

『縮地』なしでの近接戦闘、怖いわー。

一日の移動が終わり野営。
野営中は、魔物を感知したら、トイレのふりをして『転移』して瞬殺する。
酒盛の邪魔はさせん。
今日は昨日の半分くらいの人数だが、やはり盛り上がった。
野営中に温かい食事は貴重らしい。
翌日も同じように進み、野営してさらに翌日。
俺はようやく、ベルセの街に到着したのだった。

あとがき

初めまして、作者のＫ１‐Ｍです。

今回、初めて本のあとがきというものを書くことになり、なんだか嬉しいやら気恥ずかしいやら……、そんな妙にむず痒い気持ちを感じながらコレを書いております。

思えば本作は私の小説執筆における処女作であり、それがまさか単行本として刊行に至るなど、夢にも考えていませんでした。

それがさらに文庫化までされることになろうとは……。

正直な心境を吐露すれば、嬉しさよりも驚嘆が勝っています。

とはいうものの、内心では自分の作品が認められたことを、少し誇らしく感じる気持ちがないわけではありません。

え……？

ちょっとくらい、胸を張っても良いですよね？（笑）

さてさて、作品の内容の方はと言いますと、異世界に召喚されたオッサンが若返って、好き勝手暴れまくるという、どこにでもありそうな設定ですが、テンプレな展開を排除するのではなく、むしろその設定を活かす中で、主人公をどう動かしたら面白い話になるだろう、という点を特に意識して書きました。

ネタもオリジナリティのあるものより、ゲームやアニメをパク……オマージュした方が、読み手にとってもイメージが湧きやすいのでは……？　などと都合の良い解釈を手前勝手に宣ってみたり、みなかったり、なんて……。すみません。

読者の皆様は、どのようにお感じになられたでしょうか？

まあ、単行本化の時には、初めての経験が多く、随分と一人でアタフタしたものです。なにしろ、収録内容の確認や校正＝『自分が書いた小説を本気で見直す苦行』という、身悶えするような、とんでもなく小っ恥ずかしい作業に終始、追われ続けたわけですから。とはいえ、本当に良い経験をさせていただきました。まあ、それは今回も同じですけどね。

最後になりますが、本作を世に出してくださった関係者の皆様、素敵なイラストを描いていただいたふらすこ様、そして、読者様に心からの感謝を捧げます。

二〇二二年一二月　K1-M

ネットで人気爆発作品が続々文庫化！

アルファライト文庫 大好評発売中!!

人違いで召喚されて即追放！
でも隠れチートがありました。
何でもレア化するスキルで
快適人助けの旅！

間違い召喚！1
追い出されたけど上位互換スキルでらくらく生活

カムイイムカ *Kamui Imuka*　illustration にじまあるく

鍛冶・採掘・採取——武器制作から魔物召喚まで
拾って作って人助けの異世界旅!

うだつのあがらない青年・レンは、突然、異世界に勇者として召喚された。しかしすぐに人違いだったことが判明し、王城の魔術師に追放されてしまう。やむなくレンは冒険者ギルドの掃除依頼で日銭を稼ぐことに……。そんな中、レンは、製作・入手したものが何でも上位互換されるというとんでもない隠しスキルを発見する——。チートフル活用の冒険ファンタジー、待望の文庫化!

文庫判　定価：671円（10%税込）　ISBN：978-4-434-31139-0

アルファライト文庫

この作品に対する皆様のご意見・ご感想をお待ちしております。

おハガキ・お手紙は以下の宛先にお送りください。

【宛先】

〒150-6008 東京都渋谷区恵比寿 4-20-3 恵比寿ガーデンプレイスタワー 8F
（株）アルファポリス　書籍感想係

メールフォームでのご意見・ご感想は右のＱＲコードから、
あるいは以下のワードで検索をかけてください。

ご感想はこちらから

本書は、2021 年 3 月当社より単行本として
刊行されたものを文庫化したものです。

異世界召喚されました……断る！ 1

K1・M（けいわん えむ）

2022年 12月 31日初版発行

文庫編集－中野大樹
編集長－太田鉄平
発行者－梶本雄介
発行所－株式会社アルファポリス
〒150-6008東京都渋谷区恵比寿4-20-3恵比寿ガーデンプレイスタワー8F
TEL 03-6277-1601（営業） 03-6277-1602（編集）
URL https://www.alphapolis.co.jp/
発売元－株式会社星雲社（共同出版社・流通責任出版社）
〒112-0005東京都文京区水道1-3-30
TEL 03-3868-3275
装丁・本文イラスト－ふらすこ
文庫デザイン—AFTERGLOW
（レーベルフォーマットデザイン－ansyyqdesign）
印刷－中央精版印刷株式会社

価格はカバーに表示されてあります。

落丁乱丁の場合はアルファポリスまでご連絡ください。

送料は小社負担でお取り替えします。


ISBN978-4-434-31321-9 C0193